黄昏的神仙湖

LAKE AT DUSK

XU YANGSHENG

徐扬生 著

深圳出版社

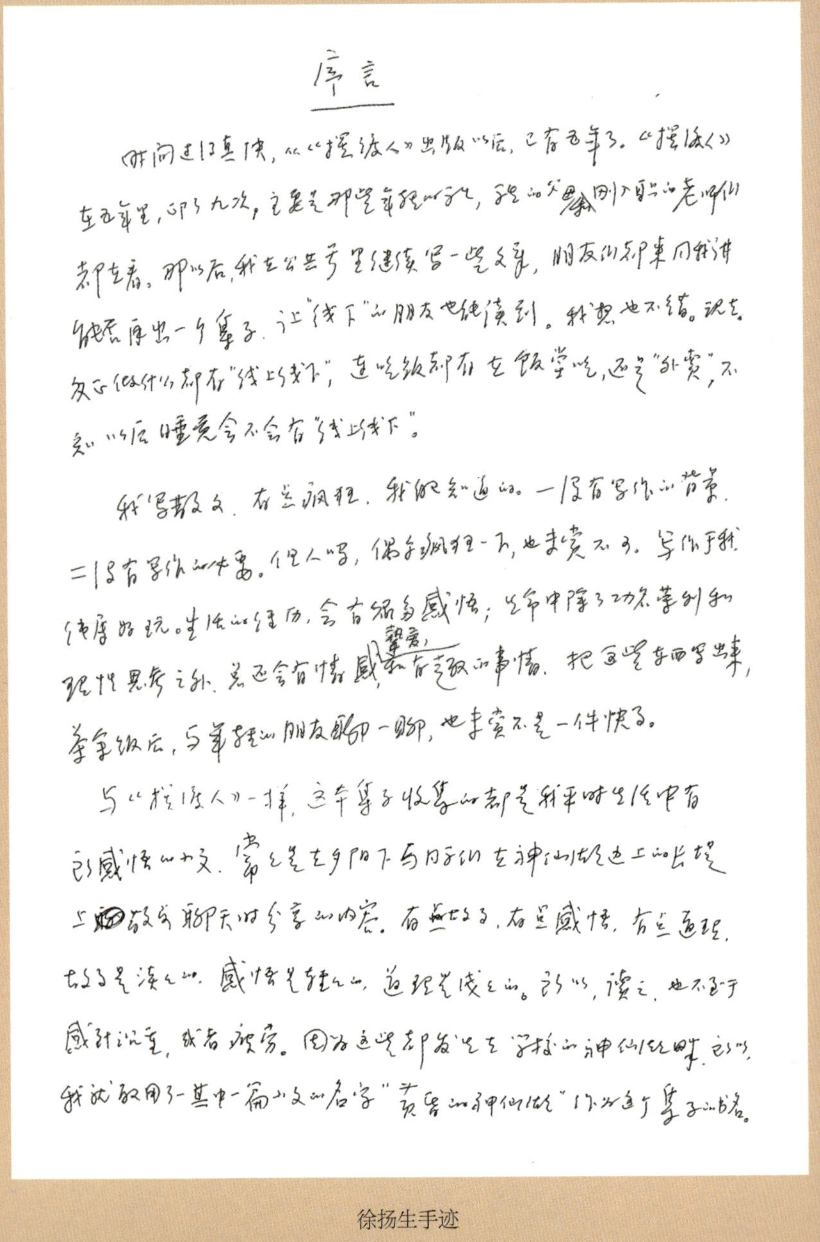

序言

时间过得真快，从《摆渡人》出版以后，已有五年了。《摆渡人》在五年里，印了九次，主要是那些年轻的学生，他们的父母和他们的老师们都在看。那以后，我在公众号里继续写一些文章，朋友们都来同我讲能否再出一个集子，让"线下"的朋友也能读到。我想也不错。现在文化似什么都有"线上线下"，连吃饭都有在饭堂吃，还是"外卖"，不知以后睡觉会不会有"线上线下"。

我写散文，有点疯狂，我俩知道的。一没有写作的背景，二没有写作的冲动。但人嘛，偶尔疯狂一下，也未尝不可。写作于我纯属好玩。生活的经历，会有很多感悟；生命中除了功名等利和理性思考之外，总还会有情感、挚爱、有意思的事情，把这些东西写出来，茶余饭后，与年轻的朋友聊一聊，也未尝不是一件快乐。

与《摆渡人》一样，这本集子收集的都是我平时生活中有所感悟的小文，常常是在夕阳下与同学们在神仙坡边上的长堤上散步聊天时分享的内容。有些快乐，有点感情，有点道理，快乐是淡淡的，感情是真真的，道理是浅浅的。所以，读之，也不至于感到沉重，或者疲劳。因为这些都发生在学校的神仙坡畔，所以，我就取用了其中一篇小文的名字"黄昏的神仙坡"作为这个集子的书名。

徐扬生手迹

序言

时间过得真快，转眼《摆渡人》出版已有五年了！在这五年里，《摆渡人》印了九次，主要是那些年轻的学生、学生家长和刚入职的老师在看。自那以后，我在公众号里陆续又写了一些文章，朋友们都来同我讲，能否再出一个集子，让“线下”的朋友也能读到。我想也不错，现在做什么都有“线上线下”，连吃饭都可以选择去食堂吃，或者叫外卖，不知道以后睡觉会不会也有“线上线下”呢？

我写散文，有点疯狂，我自己是知道的，一来我没有写作背景，二来没有写作的必要。但人嘛，偶尔疯狂一下，也未尝不可。写作于我，纯属好玩。生活的经历，常常使人有很多感悟。生命中除了功名荣利和理性思考之外，总还有情感、挚爱与许多有趣的事情。把这些东西写出来，茶余饭后，与年轻的朋友们聊一聊，也未尝不是一件快事。

与《摆渡人》一样，这本集子收集的都是我日常生活中有所感悟而撰写的小文，常常是在夕阳下与同学们在神仙湖畔的长堤上散步聊天时分享的内容，有点故事，有点感悟，有点道理。故事是淡淡的，感悟是轻轻的，道理是浅浅的，读来也不至于感到沉重，或者疲劳。因为这些都发生在学校的神仙湖畔，所以，我就选用了其中一篇小文的名字“黄昏的神仙湖”作为这本集子的书名。

出版《摆渡人》，主要是想作为礼物送给第一届的毕业生们。时间过得很快，这所学校马上就要十年了，等到明年春天，这些校友都回来庆祝这所大学的十周年时，也许这本小集子可以作为一份小小的纪念品送给他们，一方面唤起昔日美好校园时光的回忆，另一方面也能感受到母校的关爱与温暖。

不久前，我的秘书生产，我们大家都祝福她。过了一阵子，她来办公室见我，我发现站在我面前的浑然是一位变了样的喜气洋洋的母亲，我顿时感到：哇！这世界真是很奇妙，不是我们把小孩子生了出来，而是小孩子把我们作为父母“生”了出来。没有小孩，我们是不可能成为父母的啊！这所学校也同样，同学们说，从一片荒芜的草地里的几间废弃厂房，到现在一所一万余人的现代化大学，是我把这所大学“生”了出来。其实，不是的，是这所大学把校长“生”了出来，使我每天都能充实而自信地走进办公室。

这本小集子也侧面反映了我作为校长的生活与工作思路。做了十年校长，除了出门的时间，我每天都会去上班，同事们都知道我很忙，我说自己是一个忙碌的闲人。闲在哪里呢？你如果读一下这本书中的几篇小文，就会发现我的闲心在哪里。我们的时代每天都瞬息万变，行色匆匆，如果无暇回首身边的美好风景，每天生活得像一台机器，那我们的人生会黯然失色。相反，如果我们把人生看作一场有趣的探索，有点闲心，有点童心，有点谦和心，你会发现人生是一场精彩的旅行。

所以，我鼓励大家读读这本小书，随便翻翻就行，无须太认真。在浮躁的时代里做个静心的人，在狭隘的世界里，做个宽厚的人。

我要感谢张若含女士的帮助，每篇文章都是她帮我录入的，并改正了我无数处错别字和病句。我也要感谢我的公众号中无数素不相识的朋友的厚爱与支持。

我想把这本集子献给我的母亲，她是一个热爱文学的人，每天晚上睡觉前都会阅读。我在美国的时候，她给我写过很多信。每封信都有十来页，密密麻麻，写到最后，她总会说："你的时间紧张，不用回长信，简单写几句就好了。"因此我的回信一般很短，但每次寄出去，我总觉得我是欠了她的，下次要写得长一点。然而，人生有时是没有太多"下次"的。这本集子里有我很多的心路和体悟，权且作为我的一封"较长"的回信，寄给我在天上的母亲。

2023 年 11 月

目录

故乡的桥

对每个人来说，人生的路都起源于自己的家门口。我人生的路，起源于老家门口的桥。所以，故乡的桥是我人生的源头。

故乡绍兴是个水乡，河网发达，纵横交汇。我童年时出门的交通工具不是汽车，不是火车，也不是飞机，而是船。坐在船上，一杯茶，一盘瓜子，一本书。有朋友时，聊聊天，看看沿河两岸的田野风光。没有朋友时，就看看书。人在船上，船在水中，水的波动，船的摇动，与人的生理频率是一致的，一晃一晃，一会儿就感到放松和宁静。

有河的地方一般会有桥，所以故乡的桥也特别多，人称“东方威尼斯”。桥，对于故乡人的生活有几重意义。

首先，是“交通”的意义，水路和陆路的连接，还是靠桥的。故乡的桥设计得非常好，顾及陆路与各种水系及河道的连接。比如绍兴的八字桥，有人说是现在立交桥的雏形，横跨多条水路，设计得既紧凑实用，又优雅大方，不仅考虑到人的通行，还考虑到车的通行。现代的设计，凡是有台阶的地方，如果考虑到残疾人和简易车辆的通行，都会在旁边设计一条长长弯弯的斜坡，与台阶分开建造。但故乡的桥却不是这样做的，她在台阶中间铺了一些连接阶梯的斜面，这样两种不同的功能就可以在同一个地方实现了。此外，故乡的桥下面总留有一条纤夫可以走的小道，这样也方便了水路的通行。我做过纤夫，所以，我不仅深知桥下这条小道的方便，而且还感受到从桥下或船上看故乡的桥，比在桥上看，要美丽动人得多。尤其是晚上，月亮会从桥洞里迎面出来，真有一种“二十四桥明月夜”的感觉。

“桥”的第二个意义在于“商业”。有桥的地方，常常是最热闹的地方，聚集着集市、酒店、药行、书店、百货店和各种各样的小吃摊位，从早到晚，熙熙攘攘。从小处来讲，这就是为什么从前的绍兴城里的生活是很方便的，出门几步路就能到一座桥，在桥的附近就可以买到自己想买的日用商品和每天的蔬菜鱼肉。从大处来讲，因为桥多，所以绍兴人的商业意识较强。改革开放初期，那里出现了我国最早的乡镇企业，也是后来民营企业的发源地之一。

桥，对故乡来说，还有第三重意义，那就是“文化”的意义。绍兴很多桥都是以人名来命名的，连接着一个时代或一个故事。比如说，“题扇桥”是王羲之为卖扇的老妪题写扇面的地方。“春波桥”是纪念陆游与唐婉爱情故事的地方，这座桥就在现在的鲁迅故居附近。有一次我与一位中学老师从那里路过，他却说这座桥是纪念唐代大诗人贺知章的，贺氏有诗曰“唯有门前镜湖水，春风不改旧时波”，故名“春波桥”。许多地方为了铭记对其有恩德的乡贤，常常会建造一座寺庙，或者凉亭，或者牌坊，以示纪念，但是像绍兴这样用桥的名字来纪念本地乡贤的做法是很少见的。我以为，用如此实用，甚至谦卑的方法来纪念名人，这本身便是故乡的一

种文化，一种置历史于现实、置文化于生活的文化。

桥，在故乡绍兴，可谓是俯拾皆是，据称至少有一万座。这些桥的模样也五花八门，各种建筑风格都有，既体现了工程技术，同时又是一种艺术，是古城的一大风景。有时候我想，如果没有了桥，绍兴会变成什么样呢？就好比，如果没有西湖，杭州还会是杭州吗？如果没有黄山，安徽还会是安徽吗？而这座座古桥，不是自然风光，是集聚了几千年来人们的智慧，完全靠人的力量打造出来的。所以，每当有朋友问我："绍兴有什么好玩的？"我总会同他说："你去看看绍兴的桥。"

走在绍兴的桥上，最好找个初秋微雨的黄昏，抬头看看天，你会发现，啊，天还是这个天，云还是这个云，脚下的桥还是这座桥，但你会感到仿佛回到了过去的时代，也许是晋代，也许是唐宋，也许是明清。你会感到一种时空的恍惚，不知道会不会在桥上碰到王羲之，碰到唐婉，碰到徐文长……

对我这样的游子来说，走在故乡的桥上，每转一个弯，都能看到自己儿时的身影；看到了故乡的桥，就看到了自己的童年。我会记得每座桥下，曾经有过的那些遭遇，有欢快的，有心酸的，有惶恐的，也有甜蜜的。那些人，那些事，那些故事成就了现在的我，以至于直到现在，不论我走到哪里，都会感到我的背后照着故乡的阳光。

我的老家在绍兴城西的北海桥旁。北海桥是纪念唐代大书法家李邕（又称李北海）的，他是后世唯一得与王羲之相提并论的大书法家。书家有言“右军为龙，北海如象”，“右军”指王右军（即王羲之），“北海”指李北海。李北海是唐代著名的大臣。与北海桥紧邻的是晋代所建的光相桥，保存得很好，极其雄伟壮观。我经常趴在桥栏上看下面经过的小船，有时候还会用弹弓弹一下船上认识的人，然后躲起来。只能这样弹一次，没有第二次机会，因为船很快就从桥洞下过去了。

北海桥边有一家小酒店，古老的L形柜头，前面有几张小桌，天晴时还会在街边摆一张堆满五味酒菜的小桌，有卤味、酱鸭、豆干、毛豆。上学和放学的路上我们几个小伙伴总会过去看看。有一次上学时，看到柜头前坐着一位老者，穿着深灰色的棉衣，柜上一只蓝色的小碟，小碟里只有两颗橄榄，旁边是一只酒杯和一壶酒。老人总是眯着眼睛看天，嘴上低声说着话，也不知是和谁在说，一边说，一边拿起酒杯，喝一口酒，再用筷子夹一颗橄榄，嘴里含一下，然后又把这颗橄榄夹回碟子里……放学的时候，我们又路过小酒店，远远地看去，那个老人还是坐在原地，眯着眼睛看着天，天上的日头在慢慢地移动，云儿在慢慢地飘，柜子上的橄榄还是那两颗，旁边还是一只酒杯、一壶酒。“两颗橄榄还没吃完？！”小伙伴们边嚷着边走近他。他朝我们笑笑，拿起其中一颗橄榄，说：“这颗你们拿去吃吧，我一颗就够了。”小伙伴们一边互相推搡着说“你去拿，你去拿”，一边对他说“不要了，不要了，谢谢你”。最后不知道是谁还是拿了他的橄榄，小跑着离开了。

北海桥下面就是上大路，起头的地方有一家饭馆，对面有一家理发室，我小时候都是到这家店去理发的。有一回去理发，发现门口有一个沿街摆放着连环画的书摊。我问多少钱看一本，他们说一分钱借一本。我记得我就一本接着一本地看，把口袋里的零用钱都用光了，很过瘾！钱用完了，只好不情愿地离开了。第二天又来到理发店，天很热，那时没有空调，也没有电扇，理发店里装了一把巨大的纸做的摆扇，挂在上方。通过滑轮装置，绳子从墙边垂下来，店里有个男孩在帮着拉，右手臂上绕着绳子，一拉一放，店里的摆扇就按这个频率摆动起来，送来习习清风，倒也蛮凉快的。我站在店门口，师傅认识我，说：“进来吧，想理发吗？”我说：“我刚理过，今天不理了，我能不能帮你拉那个扇子？”他说："好啊！进来吧，你是不是想看小人书？你自己拿着看吧！"我高兴极了，欣喜自己找到了一个免费看连环画的活。就这样，我每天放学回来，就到这家理发店去给他们拉扇子，边拉扇子边看连环画，直到店里的书都被我看完了为止。

起于北海桥脚下的上大路，那个时候是城里很繁华的一条街，街上两旁的法国梧桐庇荫着饭店、医院、银行、茶室，等等。鲁迅先生在绍兴中学任教时是经常去上大路喝酒的。我上小学、中学大多数时候是经北海桥，过上大路，转至王衙弄、新河弄，再到万安桥。有时是走西小路，过谢公桥，再到新河弄。谢公桥是纪念太守谢灵运的，好像是宋代的建筑。上大路靠近北海桥的地方是王阳明的故居，与上大路并行的是下大路，中间有兴文桥、大江桥，父母亲的单位都在大江桥附近。

大江桥旁边有座小江桥，再旁边是斜桥、探花桥，行人在这熙熙攘攘的地方走路是感觉不到这些桥的建筑之妙的。我有幸在下乡的时候多次撑船经过这片河道，几座桥的水路建得就像现代的高速公路一样，十分讲究，撑船时一不留意，就会错过一条河。上面是萧山街，附近有一条小弄堂，叫笔飞弄，蔡元培先生就出生在那里。

走在故乡的桥上，我有一种特别的感觉。小时候，与城

里的其他孩子一样，从一座座桥上走过，去上学；后来长大了，下乡时，撑着生产队的船从一座座桥下摇过，有时候也会在桥上扫垃圾。那个时候所有城里人都觉得我是乡下人，而当我回到农村，村里人又都把我当作城里人看待。后来，离家乡更远了，去了美国。在美国的时候，无论是美国人，还是我自己，都觉得我是地地道道的中国人，绍兴人。然而，我一回到故乡，人们却都把我当作外国人，已经不像绍兴本地人了。这有点像鲁迅先生离家几十年后回到故乡，见到闰土的感觉。我不由得问我自己，我走了那么多路，等我再回到故乡时，却不知道自己到底是哪里人了吗？

其实，我的“命”有点像“桥”！桥，是很难说清楚到底是属于“此岸”还是“彼岸”的。

儿时，祖母常常牵着我的手，走过一座座古桥，边走边讲各种各样的故事。大多数故事现在都忘记了，但我记得不少故事的结尾，常常是这样的：故事的主人公突然一下子凝固了，变成了桥头的那座石狮子，然后，故事就此戛然而止。我常常要问：“奶奶，故事就这样完了？”她说：“是的，他变成了石狮子，守护着大桥，睁眼看着这大千世界。”那时候我在想，要是我，我可不大愿意变成石狮子！我更愿意变成那座石桥，让世世代代的人从我身上走过，小船从我身边摇过，鱼儿从我脚下游过，清风吹拂着我身旁的杨柳，这不是很惬意吗？

现在想来，我这一生还真活得像一座“桥”！

在现代，像我这样属“桥”的命的人很多。现代社会是网络社会，无论是“网”也好，“链”也好，每个人都是网络上的一个结点，都是一座桥。所以，未来人才本质上就是“桥梁”型的人才。要培养“桥梁”型人才的至为重要的一点，就是要回归教育的本意，就是培养“人”，而不是培养工具，或者灌输知识。因为，只有“人”才能承担起这种“桥梁”的作用，才能和他人连接，才能充分连通所有“人”的“结点”。

这种“桥梁”型人才的培养有三个维度。其一是科技与人文的桥梁。现代社会的发展过于强调科技的作用，随着科技，尤其是人工智能的发展，社会分工迅速变化，人的社会性，包括情商、领导力、沟通能力、群处能力、想象力和艺术情感愈显重要。其二是中国与世界的桥梁。要有世界的视野和广阔的胸襟，宽宏包容，自信自强，才能做一个有担当的世界公民，才有资格引领世界发展的潮流。其三是现代与传统的桥梁。了解我们民族辉煌的文化与传统，是新一代人的责任，只有这样才会真正知道根在哪里，才会有家国情怀，人生的路才会走得更远、更坚实。

祖母说，每个人都能在天上找到一颗星。我想说，每个人都能在地上找到一座桥。人的一生，本质上就是造一座桥。一边联结父母、老师、先辈和传统，另一边联结儿女、学生、后辈和未来。毕其一生的努力和生命，建造一座属于自己的桥，直至把自己的身躯作为最后一块石头筑于桥上。就这样，桥建成了，造桥的人消失了。然而，在桥上，世世代代的人络绎不绝，生生不息。每天，人们从桥上匆匆路过，忙着去建造自己的桥。

桥，是人生的缩影，我们每个人都是世界上的一座桥。

借酱油

幼时与祖母住在老家，时值运动期间，学校不能正常运转，常常需要待在家里，除了帮祖母做点家务之外，我每天的事情就是找些书看。那时书籍是十分稀缺的，所以只要能找到书，不管什么样的书我都看。一拿到书，外面的世界就仿佛全部消失了，我完全沉浸在书本之中。这个时候，如果祖母再叫我去做家务，我常常是听不见的。有时听见了，心里还是想着书本，嘴上说着“马上来，马上来”，脚却迈不出去。

有一天，祖母在厨房做菜，可能做菜时忽然发现酱油用完了，所以她叫我：“你赶快去邻居那里借点酱油来。”因为到店里去打酱油是来不及了。我一听是借酱油，一方面，不太愿意放下书本；另一方面，我那时比较内向，不大愿意到人家家里去，而且还要去借东西，心里老大不情愿。于是我冒出一句话来："奶奶你去借吧。"我是很少这样说的，我一般总是顺着我祖母的。祖母说："我在烧菜，走不开啊！"一想，这也是，火在烧着，她人走不开。于是我只好穿好衣服，慢腾腾地走出家门去邻居家借酱油。不料走到一半，祖母已经过来了，走得很快。祖母因为在旧时候是大户人家小姐出身，要缠脚的，所以从年轻的时候就是小脚，走快很费劲。我说："奶奶你怎么来了，不用这么急！"她说："你不是不情愿吗？还是我来吧！"这样说着，已到了邻居家门口，我们敲敲门，说明来意，借了酱油就回家了。

我那时经常看着祖母做菜，有时祖母也让我炒炒菜，她都是把菜洗好，切好，在旁边看着我炒。有一次，我在炒菜，到要加酱油的时候，忽然发现酱油瓶里已经基本空了，情急之下，我叫了一声："酱油怎么又没有了？"我只好停下来，拿了只碗打算去邻居家借酱油。不料走到半途遇到了祖母，原来祖母在外屋听见了，连忙自己赶去帮我借酱油。我说："奶奶你怎么也来了？"她说："你好像不太愿意去借东西，你的脸皮薄，让我去吧。"

那次借酱油之后，我常感激祖母，确实，我最不喜欢的事情就是去别人家里借东西。祖母说我脸皮薄，这是真的，但是哪个人会情愿去借东西啊？

然而，在我们人生中，向别人借贷，向别人求助，是免不了的，是我们人生的一部分。且不说，古今中外的多少战役，将军们总是借助盟友的力量最后获得全胜。在现实生活中，单打独斗，凭个人英雄取得成就的人很少。学好与人相处，一方面要乐于助人，别人有需求时一定要积极主动地帮助人家；另一方面也要乐于求人，愿意求助于人的人常常也会不惜帮助他人。你求助于人，常常也给了对方一个机会来表示他对你的友情，对你的信任，这不仅于友情无损，而且会增进友情，有时候这个过程就是发现你生命中的贵人的过程。

有一次在实验室碰到一件需要借仪器的事，当时我让一位学生去隔壁实验室借用，他不是很情愿，于是我同他一起走去隔壁实验室。另外，一位快要毕业的学生，正打算创业，苦恼着如何去找天使投资者。虽说这位同学在技术上还可以，但对去商界找投资是没有信心的。那天午餐，我索性把所有的学生都叫到一处，同他们聊了自己幼时在老家借酱油的故事，以及从中领悟出的一些道理。

其一，要感恩。借人家东西一定要从心里感恩，要明白人家可选择借给你，也可选择不借给你。借给了你，有可能他自己的生活工作就会有诸多不便，完全有可能会有损失。

但是，他还是选择了借给你，这表示了他对你的情义与信任，所以你一定要感恩。我记得，祖母把借酱油的碗洗干净后，从来不是把空碗还给人家，常常是在邻居的碗里放上一些花生、番薯片或者烧好的菜肴，再拿上一瓶酱油给邻居家送去。碗里的东西虽小，但表达了我们的感恩之情。

感恩是做人之道的重中之重。当我们懂得了感恩，我们才会有真正的朋友，我们的友谊才会长久。有一位学生前几天来找我，说他们班有不少同学与他为敌，他不知道如何处理，他同时也同我讲了几个他们班同学帮助他的故事。我于是同他讲："也许你应该多表达一点感恩，不仅是嘴上表示感恩，而且要从心里真正感恩。因为只有你感恩人家时，你才会对人家友善，你对朋友友善一点，你的朋友就多一点。当你的朋友多起来的时候，你的敌人就自然少起来了。"

其二，要弯下腰。要人弯下腰常常是很难的事，尤其对读书人来说。我自己体会很深，读书人一般都有点傲气，不愿意求人，不愿意弯腰。但是，借人家东西你是一定要弯腰的。每一个人的一生中难免碰到各种各样需要求助于人的事情，如果你一身傲气，不愿求助于人，那是很难生存的。

在老家中学求学时，我常常被学校叫去出墙报。有一次学校让我把一篇报刊上的文章抄在墙报上，题目大概是《鲁迅是个硬骨头》。我还做了一个自以为很得意的报头，正在那里欣赏时，一位老教师过来了，他是我认识的英文老师，做过鲁迅先生的学生。他笑眯眯地同我说："其实，人的骨头有时要硬，有时也要软。"我不解地问他为什么，他说："腰上的骨头要软，脊上的骨头要硬。这样，你就弯得下腰，竖得起脊梁。"多少年过去了，我一直记得他说的这句话。

其三，脸皮要厚。借人家东西不能怕难为情，祖母说我脸皮薄，确实如此。很多时候很多学生都很怕丑，不愿抛头露面，更不愿去人家面前求情。前几年，我在香港的办公室办公，一天早上突然来了一个年轻活泼的女青年。我不认识她，她讲了半天，我才知道是卖保险的。我同她讲："对不起，我已经买了保险了。"第二天下午，这位女士又敲门进来，我当然还是与她讲同样的话。不料，过了两三天，她又来了，脸上满是笑容，嘴上讲了很多恭维我的话。我有点不耐烦地说："我同你讲过了，我是不会买保险的。"她慢慢地说："徐教授，我其实是中大商学院的学生，我们的教授告诉我们，做任何一次 sale，你要准备同一个客户跑 23 次，我到你这里才仅仅 3 次……"我一听，吓了一跳，这人还要来 20 次。另一方面，我着实被她的执着打动了，何况还是我们自己的学生，于是我说："我是已经买了保险了，但我知道我们这里有一位新来的同事，也许你可以去找他聊聊。”我给她那位新同事的地址，她千谢万谢地离开了我的办公室。后来我常常把这个例子讲给我的学生们听。有时候人的脸皮应该厚一点，哪一件事情让你难为情，你就努力去做那件事情无数遍。做多了，做久了，你就会感到做那件事情其实并没有你想象中那么难受。

其四，要守信用。借东西一定要守信用，记得及时还。祖母同我去借酱油时总是对邻居讲，明天早上我就把酱油还你。有时候我会问祖母：“你怎么记得住呢？我怎么记不住呢？”她说：“在裤带上打个结，第二天早上起床时，你就记起来了。”从前的妇女从来不用皮带，用裤带，裤带上打个结，提醒你还有欠人家的东西要去还。

诚信，是为人处世的基石，也是商业社会的根本所在。借东西给你是人家对你的信任，还东西给人是你的诚信。一定要记住，肯借给你东西，肯借给你钱的人，是你的贵人。以前，人家说“穷立街头无人问，富在深山有远亲”，当你有难时，问人家借东西、借钱，一般的人唯恐避之不及。愿意借你，不是因为他钱多，而是想拉你一把，所以借你的不是钱，不是东西，是信任，是鼓励，是对你能力和人品的投资。因此，要牢牢地记住恪守信用，毁掉了自己的诚信是人生中最大、最严重，严重到无法弥补的破产。

迎接新生的时候，我见到一位来自北方农村的家长，她同我聊了她儿子的一些生活和学习情况。我说：“您就放心回去了，他一定会适应这里的环境的。”她说：“校长，我打算待在这里不走了。我想在学校周围租个地方，帮人家洗衣服，其他也不会，洗衣服是会的。我要攒点钱，儿子虽然是学校给他免了学费，但我是要还给学校的。”我吃了一惊，同她解释了奖学金是不用还的，然而她说：“不管怎样，拿了人家的钱是一定要还的。四年后等儿子毕业时，我要把这笔钱如数还给校长，你也可以去帮助别的贫苦孩子。”

我听明白了。她坐在我面前，午后的阳光透过教室的玻璃，照在她的脸上。突然之间，我发觉她看上去很像我的祖母，你看，国字脸，白白净净，友善中带有正气……于是，童年时，我挽着祖母，手拿一只大碗去邻居家借酱油的情景又浮现在眼前……

苦涩的童年记忆，零零碎碎，就像那阳光照在湖面上，一闪一闪，微风下，碎金满湖。

我与书法的缘分

“缘分”，这个词很妙，我们中国人常对那些搞不太清楚的事情一言以蔽之：“缘分啊！”其实，世上凡事皆有偶然性，而究其本质，又都有必然的因素存在。书法于我，从头算起，至少已有五十年了。我想，对一件事，可以执迷五十年，不停不断，无怨无悔，不求名利，废寝忘食，这其中好像确乎有缘分的存在。

我与书法的缘起，还得从我的祖母说起。我出生在浙江绍兴城内，童年的时候，我和祖母在一起生活。我常常缠着她给我讲故事，有时候故事讲完了，我还觉得意犹未尽，嚷着让祖母再讲新的故事，可祖母哪里有那么多新的故事啊！她被我缠得没有办法，有一天，从天井的花坛里取来一块青砖做的地坪，在旁边摆上一碗清水和一支毛笔，教我在青砖上写毛笔字。写上一会儿水迹就干了，这样就可以不用墨汁，不用纸张，无穷无尽地写下去。我好生喜欢，一来不用买墨；二来很干净，不用担心墨水把手搞脏了；三来修改方便，哪一笔写得不顺意，重写一个就行。慢慢地我就迷上了写字，觉得写字很是好玩，有时候搞来一本字帖、一本书，或者一张报纸，就依样画葫芦地照着上面的字写起来。那时候，我认识的字不多，也不知道什么意思，只觉得好玩极了。一直到我上了小学，放学回家后的第一件事还是在青砖上写字，不知不觉地，毛笔已经被我写坏好几支了。祖母也喜欢看我写字，她时不时会走过来夸奖我："这个字写得好。"她的欣赏是以"稳"为主，只要是写得"稳"的字，她都喜欢。所以，祖母是我书法的启蒙老师。

祖母给的这块地坪，虽然给我的书法起了个头，但后面如果按现在这样正常地上小学，接受学校教育，那书法与我的缘分，还是会擦肩而过。殊不知，没过多久，"文革"就开始了。无论是街头、校园还是机关单位，铺天盖地都贴满了大字报，一排一排地贴着，十分壮观。那时学校的课也几乎都停了，我年纪尚小，也不用参加什么活动，家里也没有什么人管，于是经常上街看大字报。看大字报的时候，我就找字写得好的看，内容是什么也不在乎，事实上也很少看得懂。有时候看到一两个我觉得写得好的字，就记在心里回家在地坪上学着写。那时候的大字报的“书法”水平可能不亚于现在的许多书法展览，技法之高，风格之美，章法之潇洒，气势之宏伟，十分令人着迷。可能没有人会想到，在那个多灾多难的年代，那些令大人们胆战心惊的大字报竟会成为一个小孩子学习书法、亲近书法的途径。

有一回，我在绍兴市委所在的胜利路上看大字报，突然一声尖叫，一大群手持铁管、头戴藤帽的造反派冲过来，顿时所有人都四散而跑，砖头和碎石子擦着头顶飞过。我拼命地跑，边跑边喊祖母，一直跑到鲤鱼桥附近才找到祖母。祖母也在找我，她沉重地对我说，从现在开始不许去看大字报了，保命要紧。

等我上中学的时候，已经是“文革”后期了，政治运动一个接着一个。那时主要把大字报贴在墙上，也可当作壁报，叫作“大批判专栏”，每个单位、每个部门都要写。我那时常常被学校叫去写壁报，或者在美术室里写毛笔字或做美工设计。在一起写壁报的有不少老师，那时的老师书法水平非常高，其中有两位老师对我的影响很深。一位是绍兴一中的周介康先生。周先生常常穿着一身整洁的中山装，戴着一副金丝边眼镜，看起来神情自若。他擅长行书和隶书，行书是“二王”的底子，飘逸潇洒；隶书是汉隶风格，俊秀高雅。真

是字如其人，我非常喜欢他的字。他也很喜欢看我写字，常常点拨我。每天放学，我就和周先生一起写大字，与他比较亲近。他是第一个真正告诉我临帖很重要的人，他要我临欧阳询的《九成宫》，我临帖后，感到大有所获。有一次我问他，为什么无论是大字还是小字他都能写得很好看。他告诉我要多练“大笔写小字”，鼓励我用大号的毛笔写小楷，练久了之后无论写大字还是小字都会很有神韵。我练习一阵后发现果然如此。往后我在写字的时候常提醒自己，写小字要写出大字的气势磅礴，写大字要写出小字的精致典雅。

在中学里对我影响较深的还有一位老师，也姓周，是我们班的语文老师周文奎先生。周先生是位不苟言笑的老师，擅长写大幅的字。他的行书是以赵孟頫为基础的，写法很流畅，最可贵的还是他的隶书，每个字都雄浑有力。一般人写隶书，都是写一幅几个字或十几个字的大字，而他常写一幅几百个字的长文。我开始很惊奇，仔细看来，极为喜欢，后来我自己也喜欢用隶书写榜书，长篇大幅，气势壮观。

中学期间，我还认识了一位老师。他是另外一个中学的，名叫沈定庵，是当时绍兴比较有名的书法家，许多店门的招牌都是他写的。他的夫人是我们小学的老师，彼此都很熟悉，因此我有时间也会到沈老师家里去讨教书法。沈老师的隶书功力相当深厚，是学伊秉绶的，刚劲有力，朴实高古。在他的隶书中，我看到一个非常妙的东西，就是隶书可以写成“竖长体”。自汉隶始，隶书通常都是横扁的，但我从沈先生那里看到，隶书是可以写成竖长的。隶书写长之后容易将楷书的优点融进来，尤其是在写榜书的时候，可以把气势写出来。受到启发后，我花了很长时间练习长隶。

我能与书法结缘还有一层原因，那就是这几十年来我一直能够接触到一些优秀的碑帖和许许多多近现代书法大家的作品。这也不能不说是一个奇缘，既有客观的原因，也有主观的原因。

在书法的诸多书体中，我最早接触到的是隶书。那时我在老家有位开笔先生周先生，在他家里我看了很多碑帖和大家笔墨。他收藏了许多隶书的碑帖，有汉隶的碑帖，也有明清的字帖，其中邓石如的字帖对我的影响最大。邓石如是安徽人，他的书法刚毅清秀、古朴端庄，隶中有篆、有楷，雅俗共赏，在汉隶之后起到了承前启后的作用。另一位对我影响比较大的人物是赵之谦。赵之谦是我的同乡，绍兴人，他是一位了不起的金石学家、书法家和画家。他在楷书、魏碑、隶书和行书方面的造诣很深，他把楷书、魏碑都融于隶书之中，厚重不失飘逸，古朴又带有真趣。从对邓字与赵字的研究中，我发现各种书体之间是可以互相汲取精华的，这对我后来的练习很有帮助。把隶书写得既有法度，又有趣味，十分不易，后来在日本看到不少清代隶书大家的作品，像郑谷口、陈鸿寿、伊秉绶、金冬心的作品。清代的隶书对中国书法史有自己的贡献，郑谷口的飘逸，陈鸿寿的奇趣，伊秉绶的刚劲，金冬心的古朴，从他们的字中，可以看到他们各自的个性、志趣与涵养。

另一种我接触比较早的字体是魏碑。我和魏碑的缘分是在下乡的时候结下的。每次回城的途中我都会经过一个叫东湖的地方，东湖是会稽一处著名的景点，“东湖”那两个字就是绍兴的一位乡贤陶濬宣先生用魏碑题写的。陶先生据说是陶渊明的后人。陶先生的这两个字写得非常漂亮，后来我专门拍了照，回家照着去写，但无论如何都达不到那样的状态。我一直喜欢魏碑，看得多，写得少。我真正开始重视魏碑是在接触了于右任和李叔同的字以后。于右任是民国时期的草书大家，但我更喜欢的是他的行书，他的行书里有一种非常强烈的魏碑特质。他的行书是站得住脚的，不管站得多远，一眼望过去，每个字都能立得住。“站得住”也是绍兴一中的周介康先生教我的。他总是说，看一个字好不好，要把这个字挂起来，走远，远远地望过去，如果这个字还能站得住，那么这个字就算是好的。后来我父亲也同我讲过同样的话。每次给大桥或者店面写榜书的时候，我都会想到这一点，力求让写出的字站得住脚。另一位我十分喜爱的书法家是李叔同先生，就是后来出家的弘一法师。他前期的书法深受魏碑影响，我因为喜爱他的书法而追寻到魏碑，追寻到张猛龙碑，从而把魏碑的风格逐渐延伸到写行书、楷书和隶书中去。

我后来写的比较多的还是行书。最早我崇拜的是米芾，我对米芾的喜爱远超“二王”，从一开始就是如此。这和我的父亲以及老师们不太一样，他们都是推崇“二王”的。其时，在“苏黄米蔡”中，我总觉得苏体太肥俗，黄体太张扬，都不中我的意，蔡襄的行书尚可，但他的强项在楷书，因此，只有米芾的书体是我所钟爱的。米芾的字不仅能写大字（“二王”的字是不易写大字的），还容易写钢笔字，因此我特别喜欢。这份喜爱一直持续了二十年左右，直到后面有机会接触了更多大家作品，看到了苏东坡、黄庭坚、赵孟頫、文徵明等人的字后，我对行书有了新的认识。

在我看来，通常人们会强调行书的技法，像赵孟頫、文徵明的技法都是非常好的，但技法好的人不容易写得飘逸，而我觉得行书之美恰恰就在飘逸。当我领悟到这一点后，再去看苏东坡的行书，就觉得苏东坡的行书确实具有大美。苏东坡的行书之美与米芾的完全不同，是一种浑然天成的美，仿佛天生就是如此，全无雕饰，自然天成，并非要表现美，而是要表现真实的自己，美或不美，全凭观者自己去感受。这就是后来苏东坡的书法留给我的印象，我对他的喜爱也远远超过了米芾。苏东坡的行书有时字形偏扁，受到他的影响，我也常常把行书写扁，而把隶书写长，这与传统的结构不一样，或许也可以算作是一种创新的尝试。

我上大学之后，学习和工作都非常忙，后来去了美国，更加没有时间练习书法，在长达近二十年的时间里，真正握笔写字的机会很少。正因为这样，我练习书法的主要方法是

“看”。我通常会选一两本比较薄的字帖，放在我的书包里、旅行袋里或车里，这样旅行的时候很方便看一看，这个习惯一直坚持了三四十年。此外，我大概是最早一批从互联网上下载那些书法大家作品的人。起初能下载的字帖很少，但可以看到拍卖行的近现代书法大家的作品，也就是通过这样的方式，我系统地学习了那些后来对我的书法产生了很大影响的近现代大家，如沙孟海、沈尹默、来楚生、白蕉和陆维钊的作品。最后一个就是“沿路看”，不管旅行去到哪里，我最喜欢看的就是字写得好的店门招牌。在日本旅行的时候，我就从他们的店门招牌来研究他们的书道。不知是因为天性，还是兴趣，凡是我看过的书法真迹，都可以几十年不忘，而且很是敏感，哪怕他的书法有很细微的变化，都可以一眼认出。因此，在香港的时候，也常常有朋友会把我叫去识别书画的真伪。

真正有时间写书法是在来了香港之后，一方面在香港有机会可以看到很多好的书法字帖，自己的兴趣就像火种一般重新燃烧了起来；另一方面我也有时间练习了。尤其是来到深圳这十年里，很多时候，我需要写大幅的书法作品来张贴，美化校园，或者作为礼物送人，所以几乎每天都必须写字。写着写着，就感到愈来愈顺手，愈来愈亲切，即使结束了一天的工作回到家里，人很疲惫，甚至心里有些烦恼，但只要写了半小时的字后，就会感到身心重新变得轻松愉悦了。

学习书法，就好像结交了三种终生朋友：一种是喜欢书法的同仁好友，有的是师长，能经常点拨指引；有的是知旧，常常在旁边喝彩鼓掌。另一种朋友是历史上的那些书法家，每天都在看他们写的字，渐渐感到他们仿佛是与自己在一起的，看颜真卿的《祭侄文稿》，可以感受到他的悲愤；看苏东坡的《寒食帖》，可以感受到他的洒脱与优雅。第三种朋友，就是书法本身，有时想来，“书法”这位老友，可以说是我的终生好友了！出差或者生病几天，回到家里，最想念的还是

这位老友！

凡事因缘而遇，因情而聚，因惜而久，因爱而暖，与书法这五十年来的交往，实属一段奇遇。有时想来，如果我这一生没有机会接触书法，不知道书法为何物，我的生命该是多么遗憾！

我是一个长期从事科学研究和教学工作的“理工男”，我的职业与书法没有什么关系，但我总觉得人生活在这个世界上，除了物质享受和理性思考之外，一定还会有内心的需求，这大概就是为什么艺术能够永存。人生一路走来，有“理”的一面，也有“情”的一面，而艺术就是表露“情”这一面的载体。五十年来，我在踏遍全世界的每一段路途中，都能始终不忘与书法的这个缘分，我想还是因为内心深处的那个爱。

如果你问我在这一生与书法的缘分中最值得领悟的是什么，我的感悟有三点：其一，一个人年轻时的自由度是何等重要啊！要是我出生得晚一点，经历如今的学校系统，可能就没有机会像儿时那样去探索自己的兴趣。天趣，人各有之，学校与家庭教学是培养不出来的，但却是可以扼杀的。我的幸运在于，在我的生命中，正好有那么一段非常自由的时光，使我可以尽情地在自己喜欢的乐趣里驰骋！

其二，书法于我，可以说是完全自学的，像一个从未吃过正餐的孩子，沿路吃着别人给的零食充饥，一路走、一路吃、一路长大。这说明真正的天趣可能是不需要教的，就像现在的电子游戏，都是没有人教的。天趣虽然不需要教，但需要悟，而“悟”是需要学习、思考和练习的。

其三，天趣，就是自己觉得好玩的东西，人的一生当然不能把所有的精力都花在“好玩的”上面，连庄子都讲“嗜欲深者天机浅”。但人生不能都受荣利功名的驱动，顺应自己的天趣，活出有趣的人生，当是人生的一大课题。

书法于我，就像一叶漂流在大海上的小舟，漫无目的地漂呀漂，也不知道漂到哪里去，而我只顾欣赏海上的风光和清澈见底的海水。我感恩缘分给我带来的这叶小舟，让我领悟到美，感受到在追求美的过程中的那份喜悦与宁静。

黄昏的神仙湖

旧时的龙岗，与今天看到的完全不同。我这里的旧时，其实也不过十年不到的光景，那时香港中文大学（深圳）刚刚开始筹建，我几乎每天都要从香港，或者我暂住的南山开车过来。那时的龙岗，既不像南山、福田那样是一派高楼耸立的大都市的样子，更不消说与香港的中环、尖沙咀比了，也不是一片鸟语花香的田园乡村，而是一簇簇的城中村，中间夹着一处处的建筑工地。夜晚一群群的务工者，打着赤膊，穿着拖鞋，讲着谁也听不懂的家乡话，走在昏黄的人行道上。

我童年的时候曾经与祖母一起在家的后园里养过鸡。小鸡是很可爱的，毛茸茸的，两只小脚，走起路来一晃一晃的，非常招人喜欢。养大以后的鸡，其实也很好看，公鸡那油光光、绚丽多彩的羽毛，走路永远是趾高气扬的样子，而母鸡则有一种收敛的美，黄橙相间，素雅美丽。最不好看的是刚刚发育的、从小鸡变成大鸡的过程中，那种“青春期的鸡”，身上长了几根硬毛，失却了小鸡所有可爱的特征，还到处寻事干架，没有人会喜欢这个时候的鸡。

那时的龙岗，就像这种“青春期的鸡”，真的不好看！

而我，却偏偏喜欢这里。

龙岗，这只“青春期的鸡”，是有着勃勃生机的，你可以清楚地看到这块土地里“青春的躁动”，以及这种躁动背后巨大的能量。这里的街头每天都在变化，这里匆匆行走的都是清一色的年轻人。他们来自全国各地，乃至世界各地，二十出头一点，三十几岁的人在这里都算“老”了！这里有的是一大批欣欣向荣的高科技企业，灯火彻夜通明。你在这里看到了希望，看到了未来，这不就是一所大学应该立足的地方吗？何况这里还有一个非常让我动心的地方——一汪非常清澈美丽的湖水。

水有灵气！这个湖，我们后来就叫它“神仙湖”。

这个湖实际上是一个水库，不是很大，起初是供深圳人饮水用的，需要时甚至还把水输送到香港去，后来因为周边建了几个比它大很多的水库，它就被列为“战备水库”，平时只是蓄水而已。周边的山脉，村民们叫它“神仙岭”，于是当时我就冒昧提议，不妨把这个水库命名为“神仙湖”。湖比水库要雅一点，“神仙”这个名字既与“神仙岭”相谐，又很有意境——教书育人就是神仙的活，办大学要有大神、大仙才能培养出大神、大仙。智者可以视此地为清雅娴静、仙风道骨之处，俗人也可以按自己的解读，祈仙人保佑日和年丰。所以，这个名字是雅俗共赏的。

然而，一个好湖要具备两个条件，一是周遭的山色景致，二是湖边的亭台楼榭。你去看，内蒙古草原上有很多湖泊，你去问湖的名字，人们都不知道，而我们所知的著名的湖，往往都具备了这两个条件。就说杭州的西湖吧，周围烟雨朦胧的山和山上的宝塔，湖边的座座亭楼和连接堤岸的小桥，

都给湖带来了一种精神。清人有诗云："江山也要伟人扶，神化丹青即画图。赖有岳于双少保，人间始觉重西湖。"你看，有了岳飞、于谦之墓，西湖才得以为世人所重视。

神仙湖，三面环山，山峦层叠起伏，将湖水环抱其中。这些山都不是很高，和湖水相得益彰，正是天然的绝配，所需改造的是湖边的道路和景观。我的办公室里一直挂着一张湖的地图，那时每周都与政府和有关工程部门商量：能否把这里的路打通，建个木栈道？能否在那里建个亭子？有一天晚上，做梦时梦见了日本的雪舟和尚。这位在我们浙江宁波天童寺里住了很久的僧人，把中国画传到了日本。他曾给很多朋友画过他家乡的风景，一个美丽的小湖，周边有起伏的山峦，再有一座很雅致的亭子。晚年，当他返回故乡时，他突然发现，家乡的湖边其实并没有亭子。他问家乡的老人是不是亭子倒了，老人说原本就没有亭子。雪舟很不安，因为他画的那么多画中都是有亭子的，怎么可以没有亭子呢？于是，他决定自己出资建造一座他画中的亭子，就在画中湖边的位置。

想到这里，我觉得神仙湖边上应该建一些亭子。于是，起初在东西两岸建了两个亭子，一个是具有岭南风格的三层中式亭子，一个是圆顶的西式亭子，寓意是中西结合，古今通会。再后来，一位懂文化、有情怀的好友将一座有着三百多年历史的古榭移置到神仙湖边。这个古榭典雅古朴，从任何角度看过去都美不胜收，它的古色古香给这所年轻的大学带来了历史的厚重感，它的质朴高雅又给这里的读书人带来了做学问应该有的纯洁和高尚。

我的住宅离神仙湖走路也不到十分钟，这几年我不出差的时候，几乎每天都会来这里走走。起先是早晨来得多，后来是傍晚多。神仙湖周边有很多小路，这些山边的小路是我的最爱。那时刚刚修这些路，有时水泥还没有干，地还是软的，我一不小心踩上去，鞋印子就留在了那里。由于这里远离喧嚣的城市，周边的居民不多，因此特别适合散步或者慢跑。与我同来的一个香港朋友说，在这里跑着跑着，仿佛以为是在一千多年前的唐朝……静谧的山色，新鲜的空气，确实让你得到难得的休息与滋养。

当我早上从住宅边上的一条小路，沿山往湖边的方向走去时，常常会遇到一位扫地的老伯。他穿着黄色的工作服，小个子，长得很有特点，眼睛特别大，脸短，五官很立体。如果有人对中国古代人物画熟悉的话，这个大伯很像唐代画上的人物，现代人很少有这样的面孔。他有点像寺庙里的罗汉，既有点狰狞可畏，又有点和蔼可亲，我也不懂为什么这两种截然不同的感受会同时出现在一张面孔上。这个大伯常对我笑笑，简单打个招呼。起初见到他是在离湖比较近的地方，他每天早上从那里开始扫树叶。后来见到他多是在我住的地方附近，也许他觉得我起床比较早，就先把我要走的那段路扫干净，然后再扫别的地方吧。而当我在傍晚去湖边散步的时候，常常看到他骑着自行车，车后坐着一位老太太，估计是他的夫人，我常常笑着与他们打招呼。有一天傍晚，我在那条小路上散步，天突然下起了大雨，深圳的天气就是这样，躲都来不及。我跑了一阵，发现前面这位大伯和大娘正站在路旁，身上有一块大的黄色雨布。他们把我拉进去，我们仨就在一棵树下躲雨。这雨一直下个不停，我们就聊了一会儿天。他俩是来自粤北的农民，普通话不太灵光，到深圳来原本是为了就医。他们两人都得了晚期的癌症，在医院治疗不仅花费不起，而且效果也不好，所以他们想不如就近找个活做，这样他俩就在这里做起了清扫公园的工作。

听到这里的时候，我忽然想起了许多年前我认识的一对老夫妇，同时得了癌症，医院的治疗效果也不理想。一位朋友告诉他们，每天吃一个苹果或橘子会很有益。但那时一个普通人家要每天吃上水果也不是很容易，所以那对夫妇有时就把一个苹果分成两份，一份丈夫吃，一份妻子吃。妻子总要让丈夫多吃一点，觉得这样也许会让病好得快一点，后来丈夫发现了，又暗暗把苹果给妻子。这样吃了几个月，这对老夫妇的癌症竟然奇迹般地好起来了！后来知道此事的朋友都相信吃水果对治疗癌症可能有好处，我不是专家，不知道是否有道理，但这件事我却知道是真实的。后来，我常常想，也许不是因为苹果，而是因为分苹果的那种恩爱，那种互为依靠的精神，真正治愈了他们的病。

我把这个故事讲给眼前的那对老夫妇听，他的妻子一下子话多起来了："就是嘛，我一直让他多吃点水果，他都不肯吃。"他俩一下子活跃了很多，说话就像一对年轻情侣。

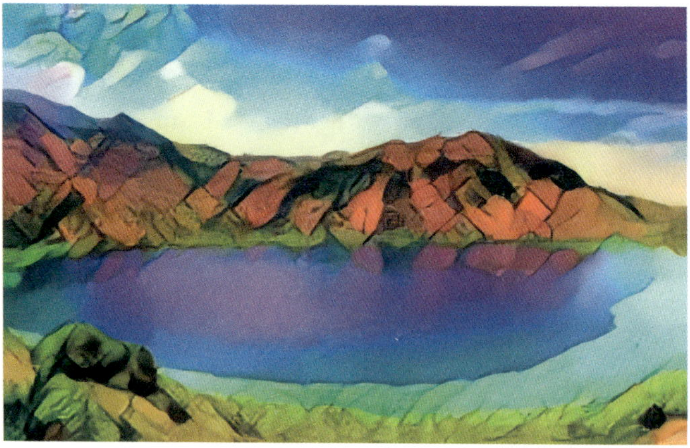

我相信，爱能治愈一切。当有人爱你时，你就会显得自信，就会有战胜病痛的勇气与能量！

生命与爱的关系，我从前总认为，爱是生命的影子，有时有，有时无，有时长，有时短。现在想来这个关系可能应该倒过来，生命是爱的影子，如果没有爱，生命也就消失了！

神仙湖是一个神奇的地方，一天中每个时辰都有它特有的美。当你沐浴着初升的太阳来到湖边时，你会发现清晨时分，湖边的鸟儿实在太可爱了！你会看到各种各样的鸟，有的比螳螂还小，还有的像鸡那般大，飞都飞不动的样子。除了鸟，还有那些我根本叫不出名字的花。我同家人讲，我在湖边转一圈所看到的花，比我在香港一年看到的花还多。

然而，我最喜欢的还是黄昏的神仙湖。夕阳照在湖面，波光粼粼，微风吹动湖边的芦苇和各种颜色的花。等我走了一圈后，太阳就下山了，湖边的路灯开始亮了。黄昏的神仙湖，显得格外宁静，下午在这里跑步的、拍短视频的、打太极拳的都不见了，来的大多是一对对情侣，在静静地散步。当人的声音静下去时，湖边的鸟鸣声、蛙声和蝉鸣声就听得愈发清晰了。再过一阵，月亮就升起来了，淡白色的月光照在湖面上，一闪一闪，天好的时候，你能看见亭台的倒影和湖对面行人的彩色衣裙。

我喜欢在这黄昏的湖边散步，这是我一天中最放松的时光，没有干扰，放空自己，不想任何事情，傻傻地走路。这时间，你会发觉你的呼吸变慢了，身体放松了，心息相依了，物我两忘了。忘形忘物，无天无地，你感受到了仙气，那是神仙湖的仙气，让你感受到生命的真正意义，就在于每一次呼吸，每一步脚下的路和湖边每一盏路灯。

是的，在湖边散步，你会寻找到这快速变化中的永恒。这周边的龙岗一日千里，每天都在追求新技术的突破。然而，我们却不能忘了，世界总有一些不变的道理，那些永恒的东西，就像这一汪神仙湖的湖水，让我们感受到百年大学的意义！

来吧，亲爱的，我们一起走，别出声！

朋友圈

有一天中午，我独自在家吃饭，偶然看着家里天井的小鱼池，细雨下金鱼在游。忽然发觉似乎比平时多了几条金鱼，颜色也与之前的金鱼不同，问了家人，才知道是朋友刚刚送来了几尾热带小金鱼，很漂亮。我心想，以前这些金鱼可能太寂寞了，只有那么三四条，现在来了一批新朋友，应该很高兴吧！但转念一想，可能也未必，因为不知道这些鱼是否认识这些新朋友，或者说，不知道这些鱼能否记住以前的老朋友，从而能意识到这些是新朋友。好像听人讲过，鱼的记忆只有七秒，我不知道这是不是真的，但鱼的记忆力是有限的，这可能没错。记忆力有限，那么认识的朋友应该是有限的。

正当我在遐想着鱼的"朋友圈"的时候，我的手机响了，最近有不少人来加我微信，尤其是学校里的学生、家长、老师，我的“朋友圈”一直在扩大。我在思考一个问题，我是不是能够这样无限制地扩大我的“朋友圈”？鱼的记忆力是有限的，难道人的记忆力是无限的吗？如果人的记忆力是有限的，那么当你的朋友圈扩大到一定程度后，再增加新朋友时，实际上是在减少原来已经存在的老朋友，或者更准确地说，你正在减少花在老朋友身上的有效时间和精力。

当然，这是要到一定的数量后才会发生的事，这个“一定的数量”实际上代表了一个人的记忆能力，以及一个人每天花在微信上的精力和时间。一个人朋友圈的朋友数量应该有个极限值。

从物理上讲，任何东西都是有极限值的。按我祖母的说法，世上的东西都是有一个“数”的。你看门口的大树，大树能长多高？一般最高的树是多少米？估计是 80 米，就算是 100 米吧，你看见过比 100 米更高的树吗？看见过比 200 米更高的树吗？所以树的高度是有极限的。同理，人的身高、寿命、记忆力等估计也是有极限的。

这个问题很有趣，我想把它归纳为这样一个问题：人在一生中最多能认识多少人？这个“认识的人”当然也包含以下这些情况：那个人我记得是我弟弟的同学，虽然我忘了他的名字；那个人我知道他是谁，经常在电视里看到他，虽然他不认识我；那个人我很面熟，应该是很多年前的一位街坊，虽然已经有很多年没有来往了……这些人都包括进去的话，你觉得你到今天为止的人生中认识的人的总数是多少？各位朋友，请你先想一想这个问题，估计一个数字。

虽然不完全一致，但是我们可以换个角度来思考这个问题：请你查一下，现在你的朋友圈里总共有多少朋友？前一两年，我在各地做报告时有意无意地问过观众：“请你告诉我，你朋友圈里的朋友总数是多少？”我为什么要问这个问题呢？因为我的报告主题是想说，人的记忆力是有限的，而“人工智能与机器人”的记忆力是可扩展的。记忆力强对人来说是件好事，但人不应该与机器人去比记忆力，正像跑步跑得快是好事，但人不应该与汽车比谁跑得快。

我在不同场合粗略统计的结果是这样的，对一个一般的成年人来说，这个数字是 1000—2000，中学生会少一点，大概是 300—400，退休的老人我没有统计过。结论是：一个成年人在现今世界的社交面大概是以 1500 人为极限。这当然是非常粗略的，不是专业的统计，这里不是学术研究。

我得到这个数目的时候真是吓了一跳！人，还真是很不简单，居然有能力同时与 1500 人打交道，这个网络时代太厉害了吧！我们祖上可能做不到这么多。当然，1500人不是你每天都要打交道的，有的可能几年都不联系一次。随着日月交替，朋友圈当然也在不断更新。

所以我们说，人在一生中能认识的朋友大概是1500人。

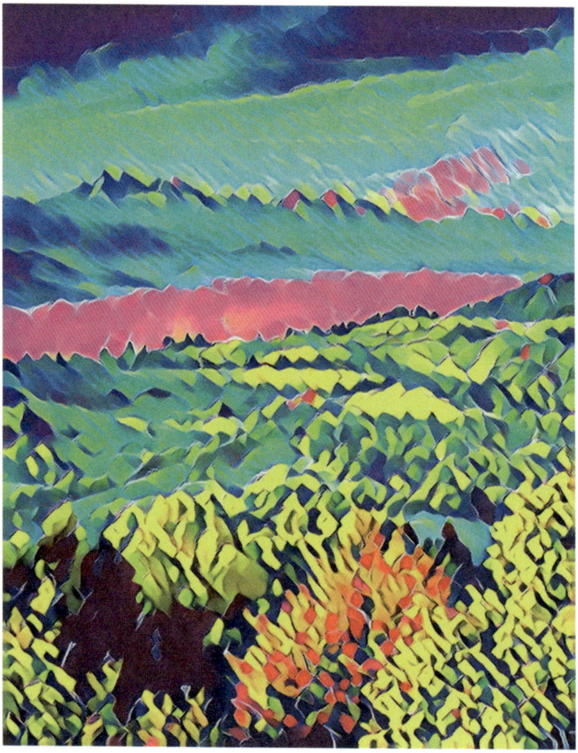

当然，我们说的“朋友圈”泛指所有认识的人，有的可能只是一面之交而已，并不都是真正意义上的朋友。那么，真正意义上的朋友，到底有多少呢？认识多少人与人的记忆力有关，而能有多少知心的朋友却与人的感情、情商和经历有关。

2018 年是戊戌年，有人说年庚比较凶，我认识的名人也好，亲友也好，有几位相继过世，几乎每个月都要去参加追思会之类的告别仪式。这种仪式我虽然不是很情愿去，要穿黑衣服，打黑领带，沉浸在哀乐里，但出于对逝者的敬意和尊重，我会尽可能去参加，除非正好出差在外，无法参加。毕竟，与逝者的友情是一生的缘分，无论怎样都应该送他最后一程。

由于那段时间去参加此类告别会比较多，我有时会观察一下，今天大概有多少人来参加。有的逝者比较有名，来的人当然会多一点，但大多数情况是亲友们的聚会，范围并不大，我的粗略统计是 100—200 人。有的人在生前其实是有很多朋友的，但我发现来参会的也就是这个数目。有的逝者是彻彻底底的老百姓，来参会的人数倒也不少于这个数目。粗略地说，我们就把这个数字定为 150 人吧。来参加追思会的虽然也会有出于工作上的需要来应付一下的，但毫无疑问绝大多数是逝者生前的真心朋友和亲人，是这世界上真正在乎逝者的人，或者说，是在这世界上逝者真正在乎的人，这个数字大概是 150 人。

这很好玩，这个数字正好是前面所说的朋友圈里你一生能认识的 1500 人的十分之一。从认识的 1500 人，到真正在乎你的 150 人，在这个世界上，你认识了那么多朋友，到最后能成为你真正的朋友的人，其实也就是其中的十分之一而已。这种统计当然不是很准确，但至少说明在你认识的人中，只有很少一部分人是你真正意义上的朋友。

世界很大，假如你出生之时胸前就挂着一部数码相机，记录着你一生见过的所有人，我估计临终时你会发现你见过的人的数目会很大很大。在这么多人中能成为你认识的人，已经是很不容易了，俗话讲已经很有缘分了。在这认识的人里面有很小一部分人，在漫长的人生中和你逐渐成为知己朋友，实属不易！就像鱼儿也不是都游在同一条河里一样，人活在世上能结交几位知心朋友，都是缘分所致，理当珍重。

我曾参加过一次告别会，当时与我握手的大多数人我并不认识，但因为都是逝者的亲友，从凝重悲伤的脸色中能看到大家的友善，每个人都为失去了一个好友而哀痛。在寒暄中，大家聊着逝者与自己的关系，一位是逝者的妹妹，哭得很悲伤；一位是逝者小时候村里的人，是逝者把他这个放羊娃带到城里来工作的；一位是逝者的老同学，从外地赶来的；一位是逝者的老同事，与逝者一起工作了二十多年；一位是经常与逝者一起在公园里下棋的棋友，他说自己的年纪其实更大一点，身体也更差，但想不到逝者竟先走了；一位是逝者原来的老部下，现在是当地的领导了；一位是十多年来一直在逝者家里做保姆的阿姨……当我与这些人交谈时，我仿佛在阅读逝者一生的“传记”，在与他传记里的人物一一对话。

我忽然发现，人的一生从表面上看是一连串你曾经做过的事情，有的宏伟，有的渺小。这一串事，似乎就是你的一生。但事实上，这一串事的背后，都是人。你的一生实际上是一串人，这些事情背后的人，构成了你充实而精彩的人生。我们平常大多注重功名事业，希望自己成功，希望自己的研究项目能火，希望自己的公司能火，希望自己的产品能火。这当然很重要，但你是否想过，当你在努力把一件事做成功的过程中，你结交了一批真心朋友。这些患难之交，不仅是你把事做成功的真正原因，而且使你的人生更为充实、精彩和快乐，拥有这些真心朋友，其实是你真正的成功。

几位同学在爬山的路上常常与我聊起交友之道。交友是一件令人愉悦的事，彼此都能享受其中，但若处理不当，也可能会成为一件痛苦的事。

交友不在于多，而在于真。真诚、坦白、仗义，是最为重要的三点。交友重质不重量，待友不做作、不虚伪，才能交到知心靠谱的朋友。真诚的朋友可以互为依靠，但不能以此为由，把朋友之间的关系变得功利庸俗。从前看过一副古联："读书贵有七分闲心，交友须持三分侠义。"

交友须喜新而不嫌旧。人生一路走来，我们每天都会接触到各种各样的新朋友，从而学到新的学问知识，也使我们的生活更加丰富多彩。但我们不能以此为由忘却旧时的好友。

交友要有大胸襟，要宽容、厚道，包容各种各样的朋友。有的朋友在你最艰难的时候鼎力相助，但常常只能共患难，不能同富贵；有的朋友意气相投，但主见不同；有的朋友总喜欢挑你的毛病，虽然他心里非常希望你成功。要多给朋友一点包容度，每个人都不是完美的，正如我们自己一样。

交友须有礼、有节、有度。最好的兄弟也要注意礼节。待朋友，尤其是好朋友，最难的是有"礼"，没有"礼"，你总有一天会失去这个朋友。即使是最好的朋友，也会有不同的观点。"同则相爱，异则相敬"，你的观点未必是最正确的，也无须一定要你的朋友接受。待友要有度，若你一天发 50 条短信给朋友，任何好朋友都会烦；如果一年里都没有发一条短信给朋友，你的朋友就会逐渐疏远，所以要有度。

真正的朋友，是需要用你的一生来呵护、珍重、感恩的。

短

我和学生们聊天时经常会讲到：人生最重要的三件事，一是如何做人，二是如何办事，三是如何说话。然而，就是这么重要的三件事，我们的学校却是从来不讲的。读小学的时候，以为中学会讲，结果中学没有讲。老师们说，到了大学会讲，结果大学都是教一些专业知识，哪有时间讲这些。问问老师，老师说："这些你们在中学不是已经学过了吗？"结果，从小到大没有一个学校教你这些实际上对你的人生最为重要的东西。

所以，我在与我的博士生们爬山、散步、吃饭的时候常常聊到这三件事，尤其是第三件事——如何说话。这实际上是一个人处世立身的根本，无论在工作、学习还是生活中都是极为重要的。

我这里讲的"说话"，实际上指的是交流沟通的方法，包括写文章、做 PPT、做报告、对付面试，等等。形式不一样，语言或许也不一样，但道理是一样的，我把这个道理总结为三个字："短""命""鬼"。近年，我的一位学生把我十几年前和他们讲的这些东西整理了放在网上。后来许多朋友对我说，你不妨把这套东西完整地讲给大家听听，于是，我就试着写了。当然，我是理工科出身，写这些不是专业的，搞文科的人看了可能会笑掉牙。但我想这也不要紧，你吃惯了大餐，尝尝我这道不是专业厨师烧的家常菜，或许有不同的味道。我现在就讲"短"。

我不知道是哪位名人这样戏说过："演讲要像女孩子的裙子——越短越好。"我认为这一条是写文章和说话的首要原则。每当你开口说话的时候，一定要记住，你说话的时间是有限的。我在美国的时候，有位跟我读博士的印度学生，学习还可以，是著名的 IIT（Indian Institutes of Technology）的毕业生，就是话太多，一开口就滔滔不绝，停不下来。在我们每周一次的会议上，好像都是他在说话。有一次，大学的校报征集文章，主题是"春天来了，你最想看的是什么"。这位同学去投了一篇短文，还发表了。他拿来给我看，我大吃一惊，他文章的题目是《春天来了，我最想看女孩子的腿》。我同他讲："要是在中国，你会被人看成是流氓的。"

我接着说，“其实，如果你说话的时候，写文章的时候，能够注意把你要说的话讲得短一点，就像女孩子的短裙，那该有多好！”他盯着我看了一会儿，很有感触，连声说：“有道理，有道理。”在往后的交流中，他说话的时候，说着说着，总会带一句话出来：“我是不是说得太多了？”这说明他已经注意到自己的问题了。

说话和写文章都要求“短”。比如你去面试，教授说：“同学，从简历上看，你的学业不错，也做过一些研究，不如你花十分钟的时间介绍一下自己？”于是你就开始从家庭讲起，然后学校、课程、经历……讲着讲着，等你准备展开讲自己的研究时，你发现，哎呀！时间已经差不多了。我面试过无数同学，你如果给他们十分钟的时间介绍自己，一般在第七八分钟的时候他才意识到要讲些什么，才开始展开他真正应该讲的内容。结果就变得十分仓促，甚至因为时间不足而心里发慌，语无伦次，把好好的事情讲得面目全非。这说明把握好讲话的时间是非常重要的，如果你平时就有良好的习惯，注意把自己的话讲得短一点，简单明了，言简意赅，是可以避免这种状况的。

说话或写文章要做到“短”，有两步。第一步，内容要取舍；第二步，文字要简练。我们先讨论第一步。你在讲话或者写文章之前，要根据你想表达的内容精心取舍，要抓重点，在有限的时间里有效地把该说的话说完。比如说，有一位领导来参观你的实验室，只有二十分钟时间，但你的实验室里有五个研究课题，想把每个研究课题都讲清楚，需要各花十分钟，这样的话你就需要五十分钟的时间来介绍你的实验室。当然，领导的时间不是你能控制的，他只有二十分钟，那么你有两种做法：第一种做法是把每个课题用四五分钟粗粗地讲一下，这样能把五个课题都讲了。第二种做法是只讲前面的两个课题，留着后面的三个课题不讲，或者最后非常简略地一带而过。我一般是采用第二种做法，要把事情讲清楚，你就得静下心来，细细地、慢慢地讲，让观众都能听懂，人

家听懂了才能欣赏你的工作。如果你觉得每个课题需要花十分钟，那你就花十分钟，两个课题二十分钟讲下来之后，你再说："其实实验室还有其他三个课题，因为时间有限，今天就不能展开讲了。"当大家觉得你前面的两个课题讲得很精彩时，他们会有理由相信你其他的课题大概也做得不错。这样你的目的也就达到了。

内容取舍好了，你的文章能重点突出你精选的内容了，下面的功夫就是组织文字。组织文字的首要一条就是简洁，没有多余的字、多余的词和多余的话。我在很小的时候就知道了这一点，是我的三姨母告诉我的，她是民国时期培养出来的国文老师，经常在我家读书看报。有一个夏天，我在老家台门口的小桌上做功课。老台门冬暖夏凉，夏天吹来凉爽的风，在那里看书做功课是很享受的。三姨母看了我写的东西，拿起一支铅笔，说："你看看这个字是不是可以画掉？画掉了这个字对这句话有没有影响？如果没有影响，这个字就是多余的，就应该画掉。"说着，她在旁边的纸上写了一句话，内容我已经记不得了，大概就是"我想我们可以去吃饭了吧"这样的内容。她问我能否把"我们"两字画掉，我点头，然后再把"我想"画掉，句子就变成了"可以去吃饭了吧"。她又问："还有可以画掉的吗？"我就再画掉"可以”“去”“了”，最后只剩“吃饭吧”，这个方法我觉得很好玩。她说，每次写完文章后都可以自己给自己“画掉”，直到一个字也“画”不掉了为止，鲁迅先生就是这么改自己的文章的。她还叫我把鲁迅先生的文章拿出来自己去画画看，看能不能“画掉”多余的字。我后来还真的去试过，很有意思。

“画掉”这个技巧不仅适用于字或词，也适用于多余的句子。比如，你发了条短信给朋友，问他上周你邮寄的书是否收到，朋友回的短信是这样的：“书已经收到了，我放在桌子上，刚刚看了第一章。”这不是显得很啰唆吗？其实，你既然已经在看书了，就说明这书已经收到了，而书是否放在桌子上并不重要。所以，从简洁的要求来讲，这三句话讲一句就行了。

总之，文章要短，短的根本在“简”，“简”要从内容和文字两方面下功夫。言语简短，思想就会简明，生活就会简单，简单的生活在现在这个世界是何其可贵呵！

所以，说话或写文章，要力求简短，点到为止。“言语以简重真切为第一”，我以为是人生一大重要守则。

命

在前文《短》中，我把说话和写文章的道理总结为三个字：“短”“命”“鬼”。前文讲到“短”，说话和写文章要力求简短、突出重点，这次我们谈论“命”。

“命”有三层含义。第一层含义是指“命题”，或者“立题”。文章的题目要有高手来“命中”，如果文章的题目定错了，什么都白搭！第二层意思是指“命”中要害，定了题后，关键是要“切题”。“言语以简重真切为第一”，前文谈的是“简重”，本文谈的是“真切”，要回答所命的题目。第三层意思是，你把题目定好了，切题的材料准备好了，这篇文章的主线就画出来了。这条主线就是你文章的生命线，或者说“命线”，下面就是要“顺”着这条文章的“命线”写下去。如果把文章看成一条鱼，“命”，就是要先确定鱼的头，然后确定鱼的脊骨，把鱼头与鱼尾相连，再保证鱼的肉和内脏都分布在这条脊骨周围，而且顺着它有序地生成。

我们先讲第一步——如何命题。做学术研究的人去参加一场学术会议，现在常常是几千人的规模，洋洋洒洒几千篇论文，最常见的做法就是先浏览一下论文的题目，在你感兴趣的论文前做个记号，找机会去听听。这说明论文的题目是最早吸引你注意力的要素。因此，“题”是非常重要的。“命题”和“立题”是考验作者能力的重要一环。在学术研究上也是如此，对于一位刚毕业的博士生而言，能否独立选择一个有难度、有影响力的课题是一项非常重要的考察标准。

对于“命题”，我的感悟是“新意”最为重要。古人讲：“立脚莫从流俗走，置身宜与古人争。”命题要有高度、有新意、有创造性，文章千古事，不要求一时之誉，要追求长久的影响力。

我曾经辅导一位朋友的小孩练习高考作文，后来她对我说，因为我的辅导，她的作文分数至少提高了 20%。我不知道是真是假，但我记得我给她的练习是这样的：给自己定一些作文题目，它们是完全随机的，甚至可以到报纸上去找只言片语，比如说“父亲”“那天我生病”“红烧肉”……确定题目之后，花五分钟时间想一下，然后问自己：“如果班上其他同学碰到这个作文题目，他们会怎么写？”想完之后，你对自己说，凡是他们可能会写的，我就一定不能那么写。如果你按照大多数人的写法，就会落入俗套、了无新意，你的分数一定不会高。

要做到立意新颖，其根本是要在平时学会问问题，这对我们国内的同学来说尤其不容易。国内的学生被训练出了一种“标准答案”的思维模式。我教了几十年书，对比国外的学生，国内学生最大的弱点是不会问问题，日本和韩国的学生好像也存在这个问题，只是我们可能更严重一点。其实问问题比解决问题要难得多，西方的学生都是带着脑袋来学校问老师问题的，东方的学生是带着脑袋来学校解决老师提出的问题的。这样的长期训练培养了一批不会提问题的人，在现今全球化的竞争中很难引领世界潮流。要从根本上纠正这一问题，就是要提倡和鼓励学生的独立思辨能力和追求探索的创造精神。

“命”的第二步，是组织文章内容要“切题”。当你确定了“题目”，你在这篇文章中要讲的内容也就大致确定了，这些内容构成了一条明确的“红线”，就是文章是否能写好的“生命线”，这非常重要。文章的内容一定要紧紧围绕这条红线展开，不要东拉西扯、跳来跳去，没有太多关联的内容一律不要放进去，否则就会变成一盘大杂烩。

有一位学生临近博士答辩，因为我要删掉他博士论文中的一章，与我争论了至少两个星期。他论文中的那一章内容与博士课题关系不大，让他删掉，他却老大不情愿。他说那部分研究是他花了至少两年半的心血才得来的，他很有感情，还跟我绘声绘色地讲这部分的理论有多美，推理是多么完整，实验结果是多么令人信服。但是，我只能和他说，对不起，这些理由都不能说服我，既然你已经定了论文题目，不相关的内容都不能随便放到论文里。我知道他很痛苦，但没有办法。我和他说，你的博士论文是要永久保存在全世界所有图书馆的档案室里的，如果有一天你的孙子来查阅你的论文，发现有这么不负责的内容在论文里，你不觉得遗憾吗？最后，他还是同意了我的观点。这位同学至今还经常提起那时我对他说的笑话，“你要爱一个人，就要杀掉其他所有人”，要舍得忍痛割爱，才能保护你的命题。

在组织文章内容时，常常会遇到你想讲的和读者想看的不一致的问题。有时候，你很想把你有感而发的内容写下来，总觉得这些内容对你是那么重要，甚至一刻也不想等待，想立即发表。但是，对不起，你要想清楚，这篇文章发出去可是给读者看的啊。命题之后组织文章内容要平衡个人喜好与社会价值，这个平衡的原则就是看是否切题，只有这样才能有效地表达你的思想。

下面讲讲这条“命线”的“流向（flow）”。

从前还在读书的时候，有一天我们几个男生在校园里，手上拿着一本当时很火的小说，边走边讨论“爱情”。迎面碰到了我们的一位先生，他对我们说：“不要把这些人所讲的信以为真，真正的爱情不是这样的，真正的爱情首先是轻松、快乐、无拘无束的，哪里会有这么多死去活来的事。”现在想来，他说的还真是事实，爱情如此，人与人之间的关系都是如此，首先必须是轻松的，没有压力，才会谈得上亲近和喜欢。人与书、与文章、与演讲者之间的关系也是如此。文章如果能使读者感到轻松，没有压力，才能渐入佳境，逐渐亲切起来。如何做到这点呢？我以为“顺”着读者思路的“流向”是很重要的一点，即回答读者所期待的“题”，也就是“顺”着“命题”。

小时候，常常听祖母讲故事，有时候她讲到一半会突然跑去厨房，那里可能在烧着菜，然后回来再继续讲。我总是迫不及待地问：“后来呢？”她有时候会忘了：“哎呀，故事讲到哪里了？”我连忙说：“那个故事里的人死了没有？”她就想起来了，从那里继续讲。这说明了什么呢？讲故事的人一定要从听故事的人所期待的地方讲起，要回答听者所期盼的内容，这样听者就会有兴趣，总之一定要“顺”着听者的思路讲下去。

举个例子，你要准备一个三十分钟的演讲，打算做三十页 PPT，目前已经做到了第七页，想要确定第八页准备讲些什么。我的建议是你先重新看一遍这七页 PPT，然后闭上眼睛，想一想如果你是听众，接下来你最想听到的内容是什么。我们来试试，假设你演讲的主题是介绍你的家乡湖北，前面几页你讲了湖北的人文、地理、经济，第七页讲到美食，讲到湖北有很好的早餐，豆皮、热干面，等等，你问问自己：听众下面等着你讲什么？他们一定会期待你讲湖北除了早餐还有什么好吃的佳肴，你如果讲“我们湖北不仅早餐丰富，还有许多名菜，有武昌鱼、粉蒸肉……”，大家就会很高兴。

如果你下一页是讲“湖北的高山峻岭”“将军之乡”，那就跳跃得太快了，没有“顺”着内容的“流向”走。

总之，“命”确定了文章的结构框架。命题要新颖，内容要切题，要“命中要害”，叙述则要顺着命题的“流向”，符合人们的思维逻辑，这样的文章才轻松耐读。

当然，“功夫总在题外”，我上面讲的只是一种方法，都是在“术”的层面上展开的。等你到了一定的年纪后会明白，光靠“术”本身是永远不可能做到完美的。凡成大事者，先要取势，然后明道。写文章也是一样，“命”的过程，其实从高层看就是“取势明道”的过程。要体悟人生，勤于思考，依靠平时涵养学识的积累，这样才能做到“明道优术”，写出好文章来。

路人

记得是小学四年级的时候，正值“文革”时期，不知是出于什么原因，学校让我帮忙做墙报。墙报是学校出的贴在墙上的宣传大字报，有点官方的形式，需要做一些美术编辑的工作。我的任务是在课余帮助一位美术老师做墙报的排版和报头美术。那时主要在上午上课，大多数同学下午就回家了，我就留在学校当那位美术老师的助手。

这位老师是我的第一位美术老师，就叫他 Z 老师吧。Z 老师长得高大威猛，比较严肃，穿衣服很整齐，一脸大胡子每天都刮得铁青铁青的。他话不多，但每当我有疑问，他都能讲出一些道理来。那段时间，常常只有我俩在一处工作，讲的话自然就多一些。我对色彩的感觉、调色的工艺，以及美术字的书写，都是从他那里学的。

有一次我问他：“做个画家大概很难吧？”等了一会儿，

他说："最难的是要学会观察。"我不解，他也不多解释，只是说："你可以坐在自己的家门口，观察马路上从你家门口走过的人群也好，牛马也好，鸡鸭也好，仔细观察，一定要仔细。比如说，一队马走过后，如果有人问你，第九匹马与其他马有什么差别，你要立即说得出来。"我听了觉得很有趣。

那天晚上我与母亲睡在她单位里。她单位楼上的窗口临着大街，是当时市里最热闹的地段之一。我想到了白天 Z 老师的话，就趴在窗口，观察起大街上路过的行人来。

平常不留意，当你一注意时就会突然发现，这马路上的行人竟然是那么地不同！有走路东晃西晃的，有愤怒地边走边骂人的，有边走边吃东西的，有边走边自言自语的，有衣服上扣搭下扣、一只裤脚高一只裤脚低的，有脸色苍白得像要晕倒的……形形色色，千千万万，互不相识，也与你毫无关系。

这些人，我们就称他们为"路人"。

有一年，我们学校在珠海的一个度假村组织务虚会议，白天开会的时候有不少酒店的服务员帮助我们做后勤工作。傍晚，会议结束了，我路过酒店门口的时候，遇到一大群刚刚帮我们做完会议后勤工作的服务员。他们都已经换上了自己的衣服，嘻嘻哈哈地一起走出去，我顺便跟他们打声招呼：

“回家了？”他们说不回家，因为他们的家都不在附近，他们说他们去“看路人”。我觉得很奇怪，路人有什么好看的？他们说路人可好看哪！原来他们每天晚上都会坐在马路旁的人行道上，买一根雪糕坐在那里看路人。

我忽然想起，我小的时候也看过路人。原来不止我一个人会这样做，看路人真是蛮有趣的。

路人，就是那些与我们素不相识的陌生人。在这个世界上，按照亲密程度，从家人、朋友、同学、同事等可以画一个圆。认识的人在圆里面，不认识的人在圆外面，路人都是圆外的人。圆外的人比圆内的人多得多，这世上大多数人对我们来说都是路人，我们自己对大多数人来说也都是路人。

现在，人们都很关心环境保护。空气、水、植物都是环境的组成部分，都需要人们关注与保护。但其实我觉得“人”，在这个世界生活着的千千万万的素不相识的人，更是构成“环境”的重要组成部分。忽略了“人”的因素，所有的环境保护都是空谈，人类文明是从对人，尤其是对陌生人的关注和态度上反映出来的。

很多年前，我去参加一场国际会议，在当时南斯拉夫的城市 Ljubljana（卢布尔雅那，现为斯洛文尼亚的首都）。当时柏林墙还没倒，我是从美国飞过去的，经过几站中转后到

了目的地，终于找到会议安排的住宿地，是一家很像当时内地的招待所这样的小酒店。那天是周六的早上，服务员都放假了，只有一位管门的老人，他给了我房间钥匙，我就进去了。因为是周末，没有人值班，走廊里黑乎乎的，我觉得好像只有我一个人住在这家酒店似的。

在房间里把行李打开，洗了个澡，还好热水是有的。我突然觉得饿极了，我应该去换点钱买点东西吃。当我出门走了一圈后，我彻彻底底失望了！这儿没有任何地方可以换钱，我身上带的美元在当时是不能用的，酒店里也没有可以吃饭的地方。怎么办？我在房间里到处找可以吃的东西，却连袋咖啡都没有，好不容易找到两小包白糖，我就冲了热水，暂且充饥了。过了一阵子，肚子仍然饿得慌，我开始把注意力放在准备自己的会议材料上。两个小时过去了，转眼到了中午，我出门想到街头去找一点希望。

酒店不远的地方有一个集市，很热闹，估计是周末的缘故，更显得热闹一些。我路过一家香肠店，门口铁板上放着很多热气腾腾的烤好的香肠，店主在吆喝着。闻到那个香味，我的肚子突然饿得更凶了。于是我停下来，与这位年长的店主人打招呼。我跟他解释我没有当地的钱，但我有美元，可不可以用美元买他的香肠吃，他立即摇摇头否定了。我只好继续走，又问了几家，大家好像都很死板，一律都说不行。我越走越饿，不知不觉又回到原先那家香肠店了。我停了下来，那老人已经认出我了，我实在有点难为情，只好移步走开。

我还没走几步，那老人用纸包了两根香肠走出来递给我吃。我很是惊喜，嘴上说着不用不用，但手还是接住了。我拿出十美元来放在他的桌上，他坚持说不要。于是我开始吃起来，那香肠又粗又香，很是好吃。我以前从来都没想到香肠会有这么好吃。回到酒店后，我意识到我还是没有解决问题，因为这只是午餐，还有晚餐呢？明天是周日，换钱的店铺估计还是关着的，我该如何度过这两天呢？

到了傍晚时分，我又到了那个集市里逛，走着走着又到了那家香肠店。夕阳刚落，集市里的人比上午要少很多，很多店都在收摊了。还好这个香肠店还没有关，老人旁边多了个人，可能是他女儿吧。他认出我来了，就用他们的话跟他女儿叽里咕噜讲了半天，我估计他是在解释我的状况。他女儿笑着用英语对我说，进店里来，没关系的，这两天我都可以在他们店里吃。我实在感激不尽，对他们千谢万谢。接下去的几顿我都是在那家香肠店里吃的。

周一我换了钱，去香肠店还钱，父女二人都坚持不要。我知道，他们起初在接待我的时候就没想过要让我还钱。他们纯粹是在帮助一个需要帮助的路人。

是的，我对于他们来说是一个路人，一个需要帮助的人。我们每天都会遇到无数个路人，对待路人的友善，与对待家人朋友不一样，有时是很不容易的。然而，恰恰是这种对路人的态度，反映了一个人、一个社会的道德与文明。

小时候祖母说过："一钵千家饭，孤身万里游。"说的是一位叫契此的宁波和尚，在唐末五代的明州奉化出家，经常背着一个布袋，手持一钵，走遍大江南北，因此人们又称他为布袋和尚。我每次迎接新来的同学，握着新同学和他们的家长的手时，心里就想着这句话："一钵千家饭。"每次握着那些给我们贫寒学子提供奖学金的善心仁士的手时，我心里也会想着这句话："一钵千家饭。"我们都是吃千家饭的人。有吃千家饭的意识，就有服务的意识，就会尊重和关爱每一个路人。

这些路人，表面上看与我们无关。但实际上却是我们赖以生存的根源，是我们的"饭碗"。病人对医生来说是路人，也是医生的"饭碗"。顾客对银行来说是路人，也是银行的"饭碗"。网购供应商并不认识客人，每一个顾客对于他们来说都是路人，但他们很清楚没有这些路人，他们就没有"饭碗"。

人生苦短，相逢相遇，乃属有缘，珍惜身边的一草一木，何况路人。

微雨的早晨

乡下的人喜欢早起，一大早，几位农友就撑着一条大船，到了我所在的医院附近的河埠旁。天尚未全亮，灰蒙蒙的天空上，一层层的云，很厚很重，慢慢地移动着。

天，开始下起小雨，是那种微雨，让人感觉不到是雨。医生把我叫醒，我知道今天我要出院了，农友们会用船把我送回我在城里的老家。我本来说让他们把我送回村里去的，但农友们说："不行，那里谁来照料你呢！"我想也是。

我就这样离开了那家公社卫生所，不知道在那里住了几天，也不知道我究竟得了什么病，是怎么到这所医院里来的。所有这些都是我后来听人说才知道的，因为那时我是不省人事了的。

故事还得从那年的夏天说起，记得是1977年，我已经下乡两年了，在外村一所学校代课任教。快到暑假了，学生与老师都盼着放假，我也不例外。可是，人家放假后是回家，我放假了到哪里去呢？校长很友善，他对我说："小徐，不如你就留在学校吧！这样我们就不用再派老师值班了，你可以管管学校图书室，管管整个学校，反正学校也没有其他人。"我想这个主意倒是蛮不错的：一方面，我用不着返回村里去参加"双抢"了，前两年的经历告诉我，那是极为辛苦的。另一方面，我也不用回到城里去，那时候我的心情不佳，不愿意在城里抛头露面。人在乡下，总觉得抬不起头来，自己看不到半点希望，前面的路一片漆黑，朋友愈来愈少，也不愿与人说话，所以能把我一个人留在这个上不接天、下不接地的孤零零的村校里，我倒是极为愿意的。

之后，校长就把图书室的钥匙给了我。我一打开那个房间，就闻到一股浓重的霉书腐败的气息。房间跟我的宿舍一般大，就在我宿舍的正上方。大部分书都散落在地上，书架上仅放着一些大部头的精装版图书。可能因为没有什么人看的缘故，地上的书杂乱无章地堆着，像是从别的地方搬来的样子。

我进了房间，站在门口，那感觉就像一个快要饿死的人被带到了一个自助餐厅的门口，有人说："这里的东西你尽管享用！"我心想，世界上居然有这么好的事情！从今以后，我终于可以一个人没日没夜地在这里看这些书了！没有农活，不用教书，没有人来打扰我，这个世界简直太美妙了！要知道在那个年代，想看一本书是多么难啊，为了借一本书，常常要穿过整个城市，而借回来之后也只能看几个小时，马上就要转给下一个人看。那个时候，青年对书的渴望就像是饥渴的海绵，哪怕有一点点水，都会欢喜得发狂。我在杭州当民工的时候，就连捡到一本英文的仪表说明书都会欣喜若狂。

现在好了，我不用去找了，成堆的书放在我面前，供我独自享用，这世界你说是不是太美妙了！而且生活上我还不用自己麻烦，可以到附近的面粉厂里搭伙，三餐都可以去那里的食堂吃。有饭吃，有水喝，有书读，你还要什么呢？

就这样，我开始了一个人的读书生活。暑假很长，估计有几十天吧。我每天很早起床，吃了早饭，有时带上中饭，就跑到楼上图书室里，坐在书堆上面，随便挑着自己中意的书，一本本读起来。常常是读着读着，忽然发觉窗外开始黑起来了，“哇！怎么这么快就天黑了！”不知不觉一天就这样过去了！现在想来，那段时间可能是我一生中读书最多的日子。到现在为止，我所读过的大概 60% 的闲书是在那几十天里读的，这无疑是我一生中最幸福的时光。

如果要归类的话，我在那里读的书主要有三类。第一类是哲学书籍，都是名著译本，大多是精装本，看那簇新的样子，都是以前少有人问津的。如卢梭、罗素、费尔巴哈、康德、黑格尔和马克思、恩格斯等人的著作，在那里都有读到。这批书涉及的内容也很广泛，有伦理学、逻辑学、哲学史，也有一些经济学、心理学和教育学等方面的书。我记得我读到罗素的一本书，里面有句话令我印象很深，大意是：人在世界上的所有活动归根结底是受到三种冲动的驱使，一是占有的冲动，包括拥有财富、地位、爱情，等等；二是创造的冲动，想象与创造是人的天性使然；三是灵性的冲动，是指艺术、信仰和责任，等等。我那时就想，喜欢读书是因为哪一种冲动呢？想了半天，我觉得这三种也许都有。

第二类我看得比较多的书是有关自然科学的，有科普类的读物，还有数学、物理、天文、地理、植物相关的书，还有关于拖拉机的书。这些书多数是翻译过来的，那时很少有人读，所以很多堆在那里，也有教科书、习题书，还有厚本的专著。我完全是瞎看，只要觉得好玩就看。我不仅看那些容易看的，还看那些不容易看的。比如数学，我看了一本大学的《高等数学》，看着看着，我就想：哇！这高等数学好像还没有初等数学那么难啊！为什么会叫“高等”数学呢？后来看到一本《实变函数》，突然觉得“傻了”，怎么也读不下去，只好罢了！又换了一本《球面三角》，觉得这本书还不错，坐标真是太神奇了！总之，这批自然科学的书籍我非常喜欢，好像是一扇窗户，打开了我的心，我被深深地吸引过去，这对我后来在自然科学方面的理解和研究是有帮助的。

第三类我在那里看得很多的书是文艺理论类的书籍和各类作品。同样的原因，这类书不像小说那么受欢迎，没有什么人拿去读，因此都留在那里。有国外的，如车尔尼雪夫斯基、别林斯基、巴尔扎克、屠格涅夫、契诃夫等人的作品；也有国内的，如茅盾、冯雪峰、鲁迅、丁玲、钱穆、胡适、周作人、许地山、郁达夫、梁启超、刘大白等人的作品。也有一些古典文学著作，像是王阳明、顾亭林的书，但不是很多。这类书我在往后的日子里几乎没有机会去读了，全是在那段时间里看的。

那段“孤读”的时光是很快乐的。因为它使我忘掉了所有的烦恼、所有的苦痛，使我在黑暗中依稀看到了些微弱的光芒。

然而，正像祖母常常说的“乐极生悲”，人在太快乐的时候，离“悲”就不远了。可能因为我全身心看书的缘故，没有觉察到身体有任何异样，直到现在我都不知道究竟是什么原因，竟让我病倒了，而且病得奄奄一息。如果不是被人发现昏死在宿舍里，我的这条命可能就没有了！发现我的那个人姓王，是镇上一所小学的副校长，我们都叫他王校长。我和王校长不是很熟，只是因为两所学校都属于区里，常在一起开会。他平时很严肃，很少说话，抽烟，脸蜡黄，身材瘦小，老师们都很敬重他。他有两个儿子，大儿子和我在同一个学校代课，经常和我在一起玩。因为出生在教师世家，他和学生们说起话来有板有眼，我从他身上学到了不少。小儿子那时候很小，常常跟在他哥哥后面。几十年后，我得以找到这家人，就是通过这位小儿子，他现在已经是杭州一所著名中学的副校长了。

那天王校长是来找他儿子的，他以为他的儿子在我这儿下象棋。他在校门外喊了几声，没人答应，于是推开虚掩的校门，走了进来。进了校门是一个偌大的操场，空无一人，墙角杂草丛生，一片荒芜，几只鸟儿惊慌地飞开了……他穿过操场，来到我宿舍门口，推开门，一股臭气扑鼻而来。他想这是怎么回事啊，进到屋里，看到靠着墙角的小床上，蚊帐搭在下面，好像有人在睡觉。他走近叫我，发现我裹在棉被里，没有动静，身上烧得厉害。他大吃一惊，觉得情况不妙，不知道我在这里躺了多久了，拼命推我，但我始终不省人事。他大喊“救命”，但学校空无一人，没有人会听见他的声音。他只好掐住我的人中，把我又背又拖地弄出了学校大门，然后喊人用人力车把我拉到公社的卫生所里去了。我到现在也无法想象，他那么一个瘦小的老头子是怎么把我从学校宿舍里背出来的。

我所知道的就是在我醒来的时候，看到很多穿白大褂的人站在我的床边，叫着“醒来了！醒来了！”。后来有一位面容慈祥的老太太，应该是医生，她举着手问我：“告诉我，这是几根手指？”我说：“两根。”她又指着旁边桌上放着的一只白色的搪瓷茶杯，问我：“这上面写的是什么？”我说：“大海航行靠舵手。”她笑着对我说：“好了，好了，活过来了，这条命算是捡回来了。”

醒来之后，我发觉我很虚弱，上厕所也得别人帮助，于是只好在那里住了几天。住院的事情完全不记得了，每天除了打针，就是昏睡，打针也好像一点儿都不痛。清醒的时候，我发现这是间很大的病房，里面有几十张病床。午后的阳光照在医院的走廊上，走廊的尽头是厕所。长长的走廊上，每隔一段距离就摆放着一只痰盂，痰盂上盖着有柄的盖子，阳光下，那么望过去，像是站着一列士兵！

出院的那天早晨，天微微下着雨，我是第一次，也是唯一一次躺在船里，一晃一晃，蛮舒服的。田野上堆满了稻秸堆，大地很干，干得出现了一道道裂缝。也该下雨了，我想。与河流平行的是一条铁路，能看到铁路上货车的一节节车厢上写着“打倒四人帮”的大字，我想：“天，大概是要变了！”

想不到，等我下一次从城里回来的时候，就得知了恢复高考的消息。我作为恢复高考后的第一届学生，考上了大学。俗话说“大难不死，必有后福”，我不知道这场大病对我考上大学有什么影响，但我相信，人生的每一步路都不会白走。最终我们会成为怎样的人，很大程度上取决于我们所经历过的那些艰难的时光，取决于我们在那段时光里做了些什么，读了些什么。人是跟着苦难往前走的，不是跟着幸福往前走的，这些苦难的经历最终将成为支撑着我们一直走下去的力量！

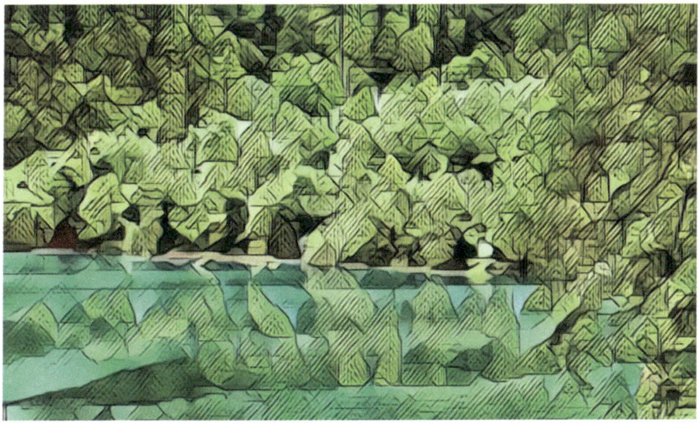

孟先生

有些人，曾经在我们的人生中，安静地出现过，陪我们走了一段路后，又安静地消失了。多少年后，每当我们回想起他们的时候，哪怕是在风雪交加的晚上，都会感到那种久违的宁静与温暖!

孟先生就是这样的一个人。

孟先生是我下乡的那个村里的生产队会计，他和我是村里少数两个异姓人。这个村有百来户人家，以两个大姓为主，分居在小河的两岸。我不知道孟先生是从哪里来的，缘何落脚在这里，只知道他来得比我早得多。孟先生当时已有五十来岁，身子佝偻得厉害，总是穿着一身淡灰色的中式布衣，干干净净。有时候大家会调侃他，问他怎么总是穿得这样清爽（干净的意思），他总是说是老母亲给洗的。是的，他有个老母亲，但从未听说过他有妻子。至于他为何没有结婚，我没有打听过，大家对此都讳莫如深，可能是有点历史问题吧。看他的样子，斯斯文文的，应该是个读书人出身，大家很少谈论他的过去，我也不去问。

孟先生面目清癯，给人的第一印象是很有静气，平和理性。他是那种慢热的人，不会主动过来打招呼，甚至很少有笑容，但也从未见他发怒。他说话不多，慢条斯理，从不教诲人，行事极为低调，说话办事实在，用现在的话来说，不作，不虚，所以大家都很尊重他。那个时候在村里，吵架是常事，也常常听见人们在背后说别人的坏话，但我从来没有听谁讲过孟先生的坏话。如果有谁碰到了难事，人们也都会说，让他去问问孟先生。大家对他的尊重，由此可见。村里老老少少见到他，都会叫一声“孟先生”。注意，那个时候很少有人可以被公开称为“先生”的，人们都互称“同志”。像我这样最底层的年轻人，一般都称呼人家“师傅”。能被称为“先生”的人极少，我记得当时好像只有鲁迅，大家是称为“鲁迅先生”的，不是“鲁迅同志”，可见孟先生在村里是有江湖地位的。有人的地方就有江湖，江湖地位并不是一朝一夕可以达到的。

由于孟先生和我是村里两位“有点文化”的外姓人，村民对我俩做事比较放心。孟先生是会计，忙的时候就会叫我帮忙。我也很乐意帮他，主要是两样事务。一个是记账，村里要记账的事情很多，最主要的是记工分，要记得清清楚楚，有时候还要村民按指纹或打章，以示公正，其余的还有很多账目，一般是需要我帮他核校一下是否正确。孟先生打算盘很厉害，十几分钟打下来，很复杂的一个账已经算清楚了。他从老花眼镜后面瞧我一眼："小徐，你核一下，看有没有错。"我从来没有发现过他有什么计算错误。打算盘是一项绝活，我母亲是个高手，手在算盘上像飞一样，四位数的乘法一两秒钟就算完了。每次看她打算盘，我总想我大概一辈子也学不成这样。帮孟先生做账，是我唯一一段有机会练珠算的时光，现在想起来也觉得很难得。

孟先生需要我帮忙的第二项事务是每晚生产队要学习，读报纸，读文件，常常孟先生读一两页后，就会叫我继续往下念。孟先生读报是典型的"绍兴官话"，蛮好听的。"绍兴官话"是一种特别有趣的语言，外地人觉得是绍兴话，绍兴人觉得是普通话。有一次一位外地的公社干部听到孟先生读文件，夸他说："孟先生，你的绍兴话很好懂。"孟先生说："领导，我说的是普通话。"

孟先生是位很有智慧的人，我在他身边看他处理过大大小小不少很难办的事。有一年早春，天气极为寒冷，青黄不接，大家吃了上顿没下顿。饿过肚子的人都知道，那个难受是一般人无法想象的，起初两三天还可以忍，到了第四天真的比死还难受。以往到了晚上，吃过饭后人们会到村里小桥边上闲聊，但是那一天，没有人来，只有我和孟先生两个人，不远的地方站着 S 叔。S 叔是个复员军人，总是穿着一件军大衣。他个子很高，背对着我们，在桥上站着，看上去很有“将军”的风度。但我们都知道，这是他家最难熬的日子。他家只有他一个劳动力，妻子长期卧病在床，五六个小孩都还小，全家根本吃不上饭。那天，孟先生和我讲，明天会有一船红薯，是队里从公社拉过来的，救救急。他说：“不知道上头的意思是怎么分？”我说：“大概还是按劳分配吧。”也就是按每个人的工分来分红薯。孟先生没有说话，眼光望向桥上的 S 叔，叹了一口气就走开了。

第二天一早，小河两岸就热闹了起来，满载红薯的大船撑过来了，孟先生和我连忙去仓库。队长指挥着大家，一担担把红薯运到了仓库，先称重记下来，再放好。一两个钟头后，我俩就把整船的红薯总数算出来了，然后再把总数除以村里劳动力的总数，定下来每个家庭可以分到的量。只不过，问题来了！等所有家庭把红薯取走后，我俩发现仓库的角落里还剩不少红薯。你想，卸船时是一担担加起来的总数，

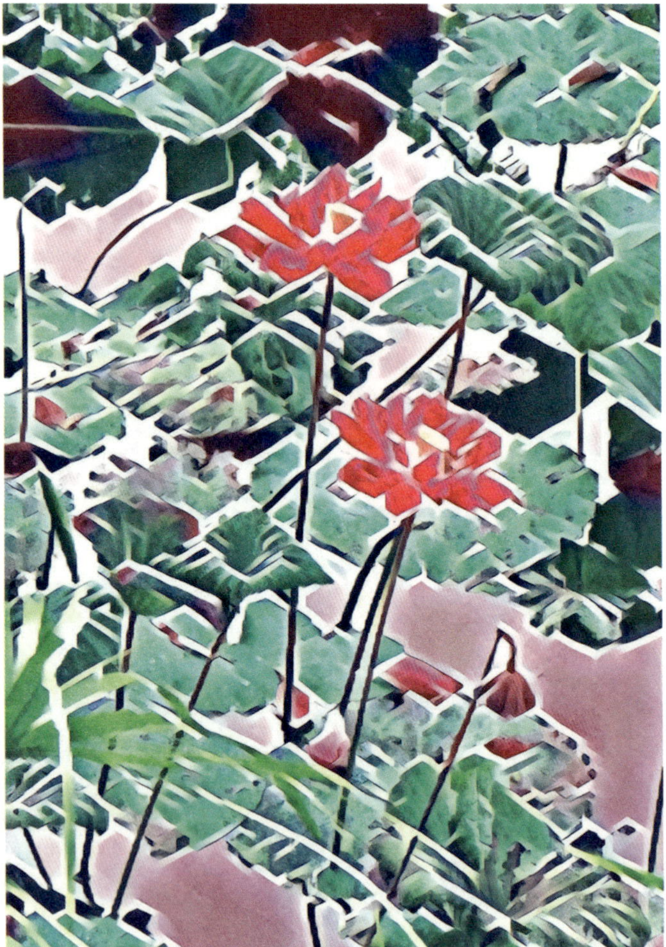

分配时是大家一担担取走的，其中肯定有积累误差，这完全正常。只是剩下的这些是不够再均分给所有村民的了，怎么办呢?

孟先生看了我一眼，问我怎么办，我也没有主意。他说不如把这些红薯给S叔家送去吧，他家那么多小孩，按劳分配最吃亏的是他家，搞得不好，是要出人命的。我表示赞同，于是就把所有剩下的红薯装上箩筐，两个人抬着往S叔家送去。路过小桥，遇见了队长，孟先生同他讲了一声，他也很赞同。孟先生在桥上叉着两手和队长讲话的样子，我觉得很威武，比S叔更像将军。

后来还碰到很多事，孟先生都妥帖地把事办了，我觉得他很了不起。如果要把他的处事原则用现在的话总结一下的话，大概有三条：一是没有私心，他老是同我们讲，取之于公，用之于公的事，错不到哪里，关键是不能有私心；二是集体决定，他办事总是和几个人商量而定，哪怕只有一个伙计，哪怕是像我这样的年轻人，也充分尊重我的意见；三是沟通，与上与下都要充分地沟通。这三条我觉得是任何一位管理者都应该明白的道理，一个人在社会上混，不可能不犯错，但只要他能记住这三条，就不会错到哪里去。

社会是道场，淤泥出莲花，孟先生就是一朵莲花！我与孟先生交流最多的时候是在放工回村的路上。当队长的哨子一吹，宣布“放工了”，所有农友就立刻着急往家赶。有的是回去烧饭，尤其是妇女们；有的是着急回家上厕所，因为那个时候肥料是大事，“肥水不流外人田”，所以每次走在最后的只有我和孟先生。回村的路要走半个多小时，我们就会聊很多事情。他同我讲得最多的还是鼓励我，他总说：“你是有前途的，要往远处看，世界是变化的，机会是会有的……”这些话来来回回反复地说。他又说，最怕的不是没有机会，而是机会来临的时候，你自己不想要了！有的鸟就是这样，在笼子里关久了，习惯了笼子里的生活，放出来之后，也只会在笼子周围转来转去，而有的鸟却是关不住的，总是向往自由！

那个时候，我前面的路一片黑暗，看不到一丝希望。他的话就像透过阴云的阳光，让我少了许多孤独和寂寞。

孟先生是个善人。我从小喜食小鱼小虾，祖母总会买来简单蒸一下，很是可口。到了乡下，我们村临江，对面是集市，很多小船会经过我们村去集市买卖，等集市结束后，又会路过我们村。有时候我正好看见他们船里有许多尚未卖掉的鱼虾，一般都是杂的，有大有小。我会去买下来，叫作“倒担”，很便宜，从来不会超过一毛钱。但是，买下来小鱼小虾后，清理是个大问题，很花时间。我挑了几条大一点的鱼清理后，对那些很小的鱼，真不知道该怎么办。正在我犹豫时，孟先生路过说，花这么多时间清理这些小鱼，到嘴里只有两口，没多少肉，不如放了它们，等到明年就是大鱼了，也算是积德。我听了觉得有道理，就去河埠头把这些小鱼都放生了。

几次下来，在田间做农活的时候，就听见人们在背后议论我，特别是那些老年妇女们，说我这位城里来的知识青年真是个善良的人，德性好得很，把小鱼倒在河里放生。我听了之后，很是惭愧，即便这算是一个善举，其中至少一半的

动机是因为我清洗不了，或者说懒得清洗那些小鱼小虾，而另一半则是孟先生叫我这样做的，并不是我自发的。

几十年后，有一年春节，我终于有机会重访我当年下乡的村庄。找了半天，终于找到了当年宿舍的位置，以那间小屋作为参照，再去找那个临着大江的河埠，竟然还在，而且在那里还遇到了当年经常一起玩的农友和他的妻子。多年不见，大家不知道要说些什么。他低着头，我也低着头。我看到他脚下的江水，浅浅的，清清的，连水草和成群成群的小鱼都看得很清楚。

啊！我忽然想到了那些我放生的小鱼，就是在这个河埠。这一级级的台阶下面，这清清的水中的小鱼，或许就是我当年放生的那些小鱼的子子孙孙吧！于是，我想起了孟先生，我都不敢问，怕是很久以前就过世了吧！他的身后没有子孙，不像那些小鱼……孟先生那清癯、平和、充满智慧的面容，一闪一闪，浮现在这浅浅的江水上面……

月光下的向日葵

我下乡的第一天下午，生产队长就分给我一块地，那时候称之为“自留地”，即我可以自由种一些庄稼，供自己吃用。我觉得很兴奋，自己有一块小小的土地，种植自己喜欢的蔬菜庄稼，好像是件蛮有趣的事。于是，我便与一位老农一起去看那块地。

那块地离我住的小屋不远，约 100 米，出了小屋，站在河边石阶上就能找到那块地。地不大，长长的几块，临着江边，所以灌溉方便，明显是生产队照顾我这个刚从城市里来的大孩子。河边长满了芦苇和菱角，对岸是一望无际的油菜花田，田的后边是大山，山与田之间有几个小村。村庄的屋顶是黑色的，在广袤的大地上，一片静谧，只有那时不时升起的炊烟，仿佛提醒着人们在此生活的痕迹。

这块地不大，我问老农：“我能种什么庄稼呢？”我心里想着很多我平常知道的蔬菜，比如茄子、白菜、辣椒、玉米、红薯、南瓜等。他说：“这些你现在不要种，那很花精力。你现在正在学农活，还得照顾自己的生活，不如种最省力的庄稼：毛豆。”于是他与我讲了种毛豆的方法。其实很简单，就是把种子埋进地里而已，几乎可以不管它，所以村里人都把毛豆叫作懒人庄稼。我觉得种毛豆挺好，一来省事，二来我与我城里老家里的人都喜欢吃，所以就决定种毛豆。

然后，老农又与我讲，在这块地的边边角角可以栽几棵向日葵。因为向日葵比较高大，所以不能用整块地去种，不上算，在边边角角种几棵就行。于是，第二天我就在地的几处边角上埋了一些向日葵种子。

还不到一个月的光景，毛豆长出来了，向日葵也长出来了，种庄稼确实是一件十分有趣的事。人家讲“种瓜得瓜，种豆得豆”，以前，我好像从来没把它当作真事来看，现在看来，还真是这样。我播种子下去，于是期待着它一点一点慢慢从土里长出来，再一点点慢慢地长高、长壮，最后开花、结果，整个过程就像看着一个小孩儿成长一样。我的毛豆长得很好，但是向日葵几乎全军覆没。可能是我浇水太多，或是那段时间雨水太多，几乎所有的向日葵刚长出来不久便死了，只剩下最后一棵。然而，这棵却很坚强，我特地为这棵

向日葵加了不少土，精心栽培，希望它不死。

这棵向日葵竟奇迹般地活下来了，而且一点点地往上长高。长到 20 厘米左右的时候，突然像疯了似的向上蹿，一下子长到大半个人高，而且又粗又壮，顶上开始长出金黄色的葵花。葵花是我十分喜爱的花，长得很有朝气。那时所有人都画太阳与葵花，我画过无数张这样的画，所以特别熟悉葵花。

这株葵花，由于大难不死，因此我格外喜欢它。每次从田畈回村时，大伙从村口的主道走，我总是一个人绕小道，专门过来看看这株葵花。那时，我来村不久，和村里人不太熟悉，心中不免有些寂寞，甚至苦闷和忧伤，每次过来，看看这株幸存的葵花似乎让我感到有希望。

这块地的四周是广袤的田野，青青葱葱，除了漫山遍野的淡黄色的油菜花之外，还有紫色的豌豆花和细细碎碎的菜籽花。我常常在向日葵旁驻足一会儿，然后在周边慢慢走走。短暂离开村里的喧嚣，我感到一种放松。奇怪，愈是在生产队的热闹中，我愈感到寂寞，而在安静的向日葵旁，独自伫立片刻，我却感到不那么寂寞了，向日葵俨然成了我的朋友！

离这块地几十米的地方就是河口，我每天取水、洗东西和洗澡都在那里。晚上吃完饭，到河口去洗衣服，洗完衣服，常常一个人顺便去看一下自留地。月光下的自留地，与白天的景色又完全不同，虽然看不见花的颜色，但安静得能听到哪怕一片树叶被吹动。我觉得我沉浸在一种孤独的美中，十分享受。

自留地的左边是一条河，月光映在河的中央，清光四溢。映在河中的月亮是青蓝色的，在青蓝色的月光下，我的那棵向日葵显得格外清雅。微风吹来，它头顶上的花一晃一晃，似乎在向我打招呼。我驻足在它身旁，能闻到阵阵清香。那种香不像现在化妆品店里能买到的任何一款香水的香，它是自然的，难以描述的，暗香芬芳，沁人心脾。

月亮一点点往上升，我在那块地里转了一圈，又回到向日葵身边。突然间，我发现向日葵花盘居然转回来了！白天的时候，葵花总是朝着太阳，早上从东方开始慢慢地转到西方。向日葵，顾名思义，是跟着太阳运动的，但是我却不知道晚上葵花也会在那儿摆动。它慢慢地摆动着，一直摆回到早上的位置。

我觉得十分好奇。天一亮，太阳出来了，向日葵就跟着太阳往前冲。天一黑，月亮升起来了，向日葵又往回看。这多像地上的人们，天一亮，开始激动兴奋起来，繁忙的劳作开始了，喧闹了，争吵了。待到天黑，开始安静下来，放松下来，开始与家人、朋友聊天，开始回想往事，思念故乡、故友。人，同万物一样，太阳底下是向前的运动，月亮底下是向后的回头。

太阳和月亮，天上的两极，映射到地上，反映了两种人类的活动。一种是力量型的，包括你的事业、功名、战争和财富，等等；另一种是感情型的，包括你的家庭、爱、诗和艺术。前者是动态的，后者是静态的；前者是刚的实的，后者是柔的虚的；前者是对外的，后者是向内的。

那时候，我白天在田畈里劳作，晚上大多在住宿的小屋里看书，或去河边洗衣服、洗澡，顺便看一下自留地里的向日葵和毛豆。有一天晚上，我转过弯，站在河边的石阶上，向自留地望去，发现黑暗中有一个人背对着我站在那块地上，一动不动。我大吃一惊，因为乡下人晚上睡得早，这时候所有人都睡觉了，怎么会有一个人久久地站在我的自留地里，他会是谁呢？我停止了脚步，一想，也许是鬼魂？我连忙往回跑，脚不停地跑回小屋，把门一关，心里想，不能让鬼魂跟到我的小屋里来！

然而，我在屋里待了一阵，觉得还是有问题。于是壮着胆开了门，慢慢地左看右看，好像附近也没有什么异样的东西。此时我真想找个朋友做伴，但是晚上了，全村人都睡了，远远看过去，村落黑乎乎的，像一堆坟墓。我硬着头皮继续走，那个人仍站在那里，一动不动，我的眼睛没有看错啊！我连忙又跑回家，我想这下证实了，但那个站着的人会是谁呢？我想了想，把我从未用过的手电筒拿了出来，装上干电池，手上再拿一根木棍，重新走回自留地去。你看，他还是站在那里不动！我静静地走过去，用手电筒照着那个方向，待我走到相距十米左右的地方，发现那是一件黑色的衣服，晾在了我的向日葵上。黑暗中，远远看过去，向日葵的头很像人头。“真是活见鬼了！”我想。

我把这件黑衣服取了下来，会是谁的呢？为什么要挂在我的向日葵上呢？我真是不解。到了第二天，经常来小屋帮我做杂活的小孩对我说，这件衣服应该是他大哥的，是他大哥帮我打理自留地，热了就把衣服挂在那里，忘了拿回去。我于是才知道，他大哥（就是那位老农）经常在夜里帮我打理自留地。白天他们自己的事情多，生产队里又要干活，没时间，只好夜里来帮我。然而他们又不想让我知道，想让我觉得这块自留地里的庄稼是我自己独立种出来的，有些成就感。他们想让我高兴起来，熬得住乡下那孤寂的生活，有信心在村里待下去。

那天夜里，我又在灯光下看书。我记得我看的是一本马克·吐温的书，书名已经忘记了，但里面有一句话我一直记着，大意好像是，最理想的人生就是有真诚的朋友、良好的书本和沉睡的良心。我忽然感到我还是很幸运的，因为这三者我都有。

多少年过去了，我去过世界上许许多多的地方，看过那里美丽的月亮。在塞纳河的船上和友人喝啤酒赏月，在匹兹堡郊外的大草坪上躺着赏月，在香港维港观烟花赏月……但最难忘的月亮还是我下乡时，坐在河边石阶上望见的那个映在河面上的青蓝色的月亮，以及河边那棵在微风中摇动的向日葵。

0.7

春天来了，吹来的风都是暖洋洋的。美国大学的草坪上到处都躺着年轻人。美国人喜欢晒太阳，衣服脱得精光，有的仰躺，有的晒背。刚到美国时还觉得有点害羞，后来入乡随俗，觉得也蛮好，一点都不觉得冷。那天，我上完课，跟着学生出来。我上的是大三的课，有 100 多个学生。讲完课，正好是午饭时分，大家一起拥挤着走出教学大楼，与同学们在草地上坐着，顺便在附近的午餐车上买点东西，充当午餐。我那时很年轻，与学生年龄差不多，有的学生蓄胡子，看上去比我还老。我上课时他们对我很尊重，下了课就勾肩搭背，跟一般的同学一样，大家有什么聊什么，嘻嘻哈哈，很开心。

春天来了，草坪上走过一些帅哥美女，同学们少不了“评头论足”。一位同学，我记得是印度来的，说那位远远走来的女同学，实在太美了，少说也可以打“95 分”。话音未落，旁边一位中东来的同学就大声嘲笑他："你真没有品味，在我看来充其量也就是及格分。"这下子大家争论起来了，当然是闹着玩的。大伙就这样聊着、闹着、吃着午餐，忽然大伙间冒出一个问题："如果我们给自己的容貌打分的话，大概会是多少分呢？"好了，每个人都"自报家门"。"如果说你心目中最漂亮的人是100分，最丑的人是0分，你觉得自己是多少分？"随便一聊，大家都分别报了自己的评分，每报一位，大伙就起哄："你有这么帅吗？害不害臊呀！"反正每个人报的都比大家想象的要高。

后来我回到办公室，还在思考这个问题，觉得蛮好玩的。在第二次上课的中午，我索性给每个学生一张小白纸，让他们每个人给自己的"颜值"打分，然后交给我。一共是五十来位同学，我统计了一下，平均分是"70分"。我们班的学生颜值好像不错啊！在之后的不同场合我做过差不多的统计，分别大概有50人、100人、400人。令人吃惊的是，统计的结果居然都差不多，都是70至75分。

从统计学意义上讲，假如样本大到一定程度，我原本想象的这个数字应该接近50，因为从平均值的意义讲，就应该接近于50。

问题是，这个数字是"自评"的，不是客观的。这说明什么呢？这说明人有高估自己颜值的倾向，这是我从这个观察中得出的结论。“自恋”——人有自恋的倾向，这其实也正常，每个人都觉得自己美一点，帅一点，没什么不好，我也用不着写篇文章“戳穿”它。

然而，我这里想告诉大家的是，人的这种心理上的倾向远远不止于在容貌上高估自己，在几乎所有与“自己”相关的事情上都会做过高的评价。我曾经上过一门课，课程里面有一个实验项目，按 3—4 人一组完成。项目结束后，我故意让每一位同学单独告诉我，自己在完成这个项目中的贡献是多少。其中，A 同学说：“这个项目真是不容易，我们组里

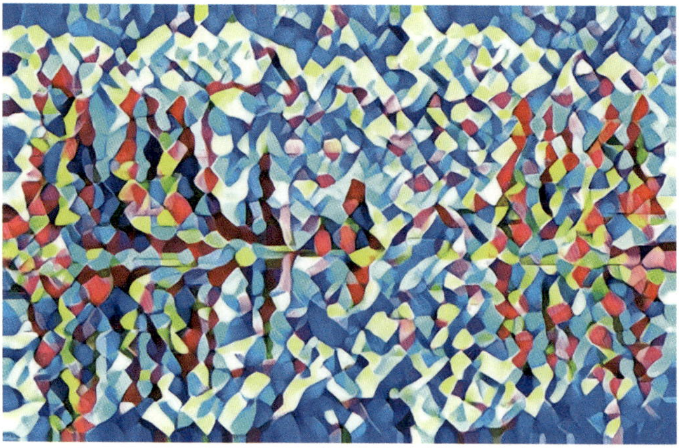

几个家伙都懒得要命，从软件到电子线路几乎都是我操刀完成的，少说也做了 60% 的贡献。”B 说：“我前半段时间生病，但后半段时间发力不少，最后算法上的几个大错误都是我检查出来的，要不然实验结果会崩溃！少说也有 40% 的贡献。”C 说：“我负责硬件，包括采购、调试、组装，至少有 30% 的贡献。”D 说：“我的贡献主要是写报告、分析数据，20% 的贡献应该是有的。”总结一下，四个人给我单独报告的总和是 150 分。

几年下来，实验课的统计大致如此，很明显地，每个同学都高估了自己的贡献。那么，正确的评价到底应该是什么呢？通过许多次这样的观察，我发现把这些数字乘上 0.7，恰恰是正确的答案。你看，70 分的颜值乘以 0.7，正好是近 50 分。150 分的贡献，乘以 0.7，正好是 100 分多一点。

所以，结论是，每遇一事，把自己的重要性，乘以 0.7，是一个很好的“校正”，是对自己比较客观的评价。

然而，问题还远远不止自己的功绩和颜值，可以一直延伸下去。在现实生活中，我们会高估与自己有关的一切事物，对自己所看重的东西，都会一律放大，有时常常会放大到离谱的程度。只要是与自己有关的，都是万分重要的、十万火急的，重要性、严重性会被无端放大到走火入魔的程度，这样常常会产生许许多多的焦虑、忧郁、紧张和悲哀。这在现今的学校里十分普遍。

比如，有位同学非常看重自己的GPA（平均学分绩点），虽然那次考试他已经得了90分，但他不满意老师的评判。经过与老师的几次争吵，老师勉强给他加了2分。但他还不满意92分的成绩，最后实在焦虑得吃不下饭，回家几天也不下楼，吓得家长、老师连忙送他去医院，住院后又失眠，需要打针，吃大量安眠药，最后造成生命危险。朋友们，这不是个例，是很普遍的现象，在现时的学校里到处可见。每个人都在焦虑，都在“卷”，有时也不知道到底在焦虑什么，在担心什么，在害怕什么。

朋友们，大家试想一下，如果这件事与“自己”没有关系，他会焦虑吗？肯定不会！所以，关键点是“自己”。当自己内心深处太想要一件东西，就会把它无限放大，放大到整个世界，占据自己所有的心思，这是产生这些焦虑的核心原因。

所以，我常常与同学们讲，你先停一停，问问自己，你心里的那个东西，有那么重要吗？我没有说那个东西不重要，它可能是重要的，但它重要的程度，远非你所想的那样。我在聊天中给予他们我自己常用的一个建议是，你把你所想象的严重程度乘以 0.7，这可能才是你应该重视的程度。

其实这种焦虑的现象不仅在学校，在社会上也到处可见，每个人都是一天到晚地焦虑不已，原因是什么呢？我分析，与过量的信息渲染有关，网络社会无时不在的信息冲击，overwhelming（势不可挡）！比如说，一场大暴雨让香港的一个地铁口灌水严重，五分钟之内，影像就传遍了全世界。大家顷刻之间如同身临其境，以为大祸来临。人们不会去想香港离我们还远；不会去想香港还有几千个地铁口，那只是其中的一个；不会去想那暴雨是暂时的，很快就会过去。过量的信息造成了人们无法让心静下来做一些理性的分析。当人们失去理智的时候，就会反应过度，overacted。而人的神经是这样的，当刺激过度之后，效果其实是很不好的，反而达不到这件事应有的重视程度。

古人说“过犹不及”，凡是“过”度的东西，都不利于我们实现真正的目的。“过度家教”使我们的孩子丧失应有的童趣，“过度医疗”使我们的病人承受更多的痛苦，“过度信息”使我们失去正常的理性思维和与大自然、家庭及亲朋之间亲密交流的机会。

任何美好的事情，当你 overdo，做过度了，都会变得不那么美好！前几天遇到两位学生，我问他们暑假过得怎么样。

一位说："我的脖子有点不舒服，我妈让我去做按摩，每天做，最后不仅脖子不行，连腰都不行了。"另一位说："家里没有人，因为我喜欢吃杭州小笼包，我妈让我每天买小笼包吃，吃了两个月。我这辈子再也不想吃小笼包了。"你看，做按摩、吃小笼包原本都是很好的事啊，但做"过"了，就不好了。

杨绛先生说："人应该有善良之心，学识修养，以及大大小小的美德，但都不能过度。"你看，连善良都不能过度。

所以，我说的0.7，其实是对我们"过度"思维的一种校正，无非是想告诉大家，很多时候我们不用把问题想得那么严重，我们无须那么"认真"。不过度用力，不透支自己，是对人对己的最大负责。

这个0.7是一种智慧、一种成熟，也是一种谦和。不要高估自己，要尽量地把自己看小。超脱一点，要学会与自己身外的事情拉开距离，只有拥有这种超脱的心怀，才能有清醒的头脑，才能有真正的生命情趣和精神自由。

点菜

有人说，会点菜的人，大概做人也差不到哪里去！

上餐馆，以前我们叫“下馆子”，要有人点菜。点菜，确实是一道功夫，能反映人的许多综合能力。前几天，我与毕业班的同学散步时聊到过如何点菜，许多同学说，不如写出来，与大家一起分享。

先跟大家讲两则我亲历的小故事。第一个故事发生在十几年前的香港。我认识一位做传统制造业的老板，很聊得来。制造业大多转移到了内地，他在香港的生意愈来愈难做，我经常帮他出点主意。他有两个儿子，年纪差不多，刚从美国的大学毕业回来。我也见过他们一两次，都是很优秀的人才。爸爸很客气，总是说：“徐教授多指导指导年轻人，你是他们终身的老师。”他俩对我都很尊敬。有一天，他爸爸与我单独聊天，谈到他有个想法，想让一个儿子一两年后继承他的公司，他年纪大起来了，早晚要让他们接班的；另一个儿子，就给些创业资金，让他出来创业，想做什么就做什么。他问我，这个思路行不行？我说，挺好！但是他的问题是，不知道让哪个儿子继承他的公司更为合适。他问我，我也说不上来，因为了解不够。我建议，不如让两个儿子分别请我们吃饭，大家聊一聊，可能会更清楚一些。他完全同意。

那时我已经开始深圳的工作。有一个周末，爸爸带着大儿子来看我。电话上得知他儿子在我工作地不远处订了一家湖南餐馆，我到了寒暄之后，说不如请大公子帮我们点点菜，因为我不熟这家餐馆。我已经忘记了他点了些什么菜，但感觉相当好，尤其是对我这个不吃辣的人，能在湖南餐馆点一桌菜，让我吃得满意，我相信是不容易的。

又过了个把月，我回香港时，爸爸带着二儿子来请我一家人吃饭。那是在一个老牌的上海餐馆，相对地，应该容易点菜，但结果我的感觉比较一般，点了比较多冷盘，那可是个冬天。这么说吧，如果让我给大公子的点菜水平打分的话，有 85 分。给二公子呢？ 70 分。我如实告诉了爸爸，我觉得大公子比较适合继承家业。爸爸很赞同，从后来的发展看，好像这个决定是对的。

第二个故事是我在内地熟悉的一位教授朋友，比我年纪大一点，有个可爱的女儿。有一次在与我单独聊天中讲到，他现在真的很为他女儿着急，年纪已经不小了，好像还没有男朋友。讲着讲着，他忽然说，他有一位博士生，快毕业了，认识他女儿，他俩好像感觉还不错，要不要帮他们介绍介绍？我说行啊，但是他说，说真话，他也不知道这个学生到底怎么样，只知道他做学问还可以，做女婿可是另外一件事啊！我想了想说，不如让他请我俩吃顿饭，大家有机会聊一聊。他同意去安排。

这回是家安徽菜馆，因为那位博士生是安徽人。坐定后，教授朋友直接说，徐教授远道而来，想考考你的水平，先从点菜考起吧。那位博士生有点紧张，但依然能点出一桌好菜来，有臭鳜鱼、石鸡、豆腐、蔬菜等，尤其是我看他在点“臭”的菜时，明显有去考虑，这桌上的朋友能不能吃得消。还没吃完，我要先走，临走前我在餐巾上写了三个字——“拎得清”，悄悄递给坐在我旁边的这位上海籍的教授朋友。过了几个月，他女儿嫁给了他。

所以，点菜不是件小事。为什么点菜那么重要呢？因为点菜反映了一个人的能力、涵养，甚至思想方法，能综合反映世故人情。《红楼梦》里讲，“世事洞明皆学问，人情练达即文章”，是有道理的。

首先，要意识到你点的是“一桌菜”。哪怕你点的这桌菜只有六道菜，但你一定要记住你不是在点这六道菜，你是在点一桌菜，这就需要你有“大局观”。什么是主？什么是次？就像中医师开药方，先要定哪个是君药，哪个是臣药，配伍要清清楚楚。

其次，要让大家吃得开心。从高的标准上讲，要让每一位客人都能欣赏这桌菜；从低的要求上讲，要让每位客人至少能有一道菜是可以吃的。这就需要知道和照顾每位客人不同的口味喜好和文化背景，要有敏感度和同理心。

再者，要最大限度地把这家餐馆的好菜点出来。现在多数朋友，尤其是年轻人，都会在网上先搜索这家餐厅的“大众点评”。从前是没有的，现在有，但有时也不可靠。你要同餐厅经理聊，要善于辨识真假。经理总会推荐你一些他们的招牌菜，中间也会夹带一些滞销的，或者价格昂贵的菜给你。所以你要会辨识，把最大的“资源”调动起来。

这么一说，你就明白了，会点菜的人，他懂大局，能协调，有同理心，懂得资源整合。你觉得这样的人做人会差吗？

要点好菜，大概有几个关键词要记住。

第一是“平衡”。大家都坐定后，你看围着这桌子坐下的人都是一些什么样的人，有些什么忌口？然后开始点菜。在这个过程中，重要的是一定要考虑几个维度的平衡：一是口味的平衡，不能点的菜都是酸的、辣的，要有甜有咸有酸有辣。二是种类的平衡，不能点的都是肉，或者都是蔬菜，要有荤有素，有鸡有鱼，同样一种食材一般不要点两份，千万不要有三份。我有一次去赴宴，那位朋友点了三种不同的蟹，有清蒸的、咖喱的、姜葱炒的。我同他讲，你可以给我尝尝别的菜的机会吗？三是烧法的平衡，不能点的整桌菜都是“红烧”的，炸炒蒸煮都要有，尤其是在女士多的情况下，或者有老人和小孩在席中，要照顾他们，多点他们喜欢的烧法，

比如水煮的。四是菜色的平衡，中餐是放在桌子上的，所以要呈现一种“集体美”。有黄汤的仓鱼，再点一盘辣子鸡丁，堆得满满的红色的辣椒，很喜庆。这个时候，来一盘绿色的青菜，豆苗或者鸡毛菜，让人眼前一亮。黄、红、绿，三盘菜看在桌上，只是看着就赏心悦目。所以，点菜的哲学里最基本的一条就是整体的平衡与搭配，要有“共享”的意识。

第二是“特色”。我几十年来去过不少地方，有一个习惯就是在吃完饭离开那家餐厅的时候，问一下自己：“今天这家餐馆，哪个菜是有特色的？”我只要记住一道菜就行，就能让我感到这家餐馆是不错的。如果找不出一道真正有特色的菜，我一般也不会再去第二次了。所以，特色菜是很重要的，没有一两道特色菜，这家餐馆一般是开不长的。中国幅员辽阔，每个地方都有自己的特色菜，你要稍微有所了解，不要在江浙菜馆里点酸菜鱼，在东北餐馆里点清蒸东星斑。不要轻易埋怨这家餐馆不行，这个厨师不好，有时要怪的可能是自己没有点到他们的特色菜。有一次，我带了一帮香港教授在长沙一家知名餐馆吃饭，我在点菜时问经理：“你们家的特色菜是什么？”她说了三道菜，我都点了，我又加了一些我觉得比较“新奇”的菜。最后，所有人都觉得我点的那道鸭最有特色，反倒她推荐的三道特色菜其实没什么特色。后来我们几位香港的教授在第二个周末又专门坐飞机过来吃那道菜，因为实在太好吃了！点菜，就像艺术一样，一定要有点“新奇（吃惊）”的感觉。为什么一幅画、一首歌能打动你的心？还是因为有一点点新奇的东西，把你心里从来没有过的感觉给激发出来了，于是就激动，就开心，就疯狂地想再要！

第三是“约束”。点一桌菜是有很多“约束”的，不是你想点什么就能点什么的。通常我们点一桌菜的时候要考虑席间的客人有无忌口，要考虑价格、数量等，这些都是约束我们点一桌好菜，进行“资源优化”时需要考虑的条件。这里我主要讲讲“数量”的约束。要点合适的菜量。要点几个菜需要在开始的时候就定下来，这样不至于没有限制乱点一通。点菜似乎不难，但大多数人要么点得席上的朋友找不到自己可以吃的菜，要么点得太多，有的菜碰都没有碰，或是等朋友们喝完了酒，发现桌上的菜已经吃得差不多了，还要再加菜，这样又很不礼貌。我点菜的规矩是如果是二至三人，点的菜量加一，也就是看有多少人，点多少人加一的菜，这样可以让席上的朋友有足够种类的菜可以尝。如果是六至八人，我一般点菜的数量与人数一致，因为已有足够的种类了。如果是十人以上，我一般会多点一两道菜，人多了，怕吃不够，多一两道菜一般不会浪费。

事实上，点菜还有许多关键词，写是写不完的，哪天等你们请我吃饭的时候，再讲吧！总之，点菜是门学问。这门学问，全靠你去“悟”，而任何需要“悟”的事情，最重要的是“实践”。光凭读读书，上上课，没有实践，你是悟不到任何东西的。请客吃饭，不是件小事，既关乎物质，也关乎精神，何况我们经常都会碰到。再小的缺憾或喜悦，放大几千倍，便成了大事。

我们的同学，有的会读书，有的会考试，有的会游戏，有的会赚钱。而我希望看到有更多的同学“会生活”，能放松自己，热爱生活，走出家门，多交朋友，吃遍天下，做个有生命力的自由人！

人生，只是路过，让我们路过有趣，路过精彩！

说话

小时候在老家，夏天乘凉，搬一张小凳子听街坊的老人侃大山。有一回，老人问我："你知道嘴巴是干什么的吗？"我说："吃饭呗……""还有呢？""喝水……""喝水与吃饭差不多，嘴巴还能干什么呢？"后来，他笑了笑说，人的嘴巴有两个功能，一是吃饭，一是说话。我想也没错，这也不是什么稀奇的事，人人都知道。他接着说，人的嘴巴是五官中唯一具有两种功能的，其他四个都有一双，却只各负责一件事。比如耳朵有两只，负责听；眼睛有两只，负责看；即使是鼻子，也有一对鼻孔，负责嗅。而嘴巴呢？只有一张，却管两件事——吃饭与说话，因此特别难管。病从口入，祸从口出。人都会死的，有的死得早，有的死得晚，而早死的人，多半是因为管不住嘴巴……我听着听着，突然感到这件事并不像我所想的那么简单……

几十年过去了，人生一路走来，愈发觉得老人讲得有道理。人要管理好自己的嘴巴，好好吃饭，好好说话，谈何容易！前次写了一篇短文，谈到与吃饭相关的事，今天咱们不妨来聊聊有关“说话”的问题。虽然我觉得自己聊前者，可能比后者更有资格。

我自小比较内向，不善说话，很羡慕那些口齿伶俐的同学。每次老师提问，我一站起来就紧张，好不容易回答了部分问题，坐下之后，总是感到很遗憾。明明可以回答得更好，为什么一站起来，面对老师和同学，就会紧张脸红，把应该要说的话都忘记了呢？班上有位同学，很擅讲话，总能讲得头头是道，让大伙儿都笑起来。我很羡慕他。有一次，我问他从哪儿学来的这套东西。他大吃一惊，说道：“我哪里会讲啊！在家里，我爸爸还常说要向你爸爸学习，说你爸爸讲话很沉稳，一言九鼎的样子……”我忽然想起来，他的父亲确实与我父亲在同一个单位，只是我从来不曾觉得我的父亲是会讲话的，事实上可能全家人都不认为他是一个会讲话的人。

后来，我开始留心父亲说话的习惯。他平时很少讲话，总是坐在一旁，笑眯眯地听别人讲。尤其在吃完晚饭后，一家人聚在一起，那时邻居经常过来串门，大家在一起热热闹闹、七嘴八舌、讲东讲西。那时正值“文革”后期，各派政见，争论甚至争吵起来都是很正常的，只是父亲从来不说话，只是坐在那里静静听着。一直等大家吵得差不多了，平静了，冷场了，他才慢慢地讲几句。他的话总是平和的，并不针对某些人，总是说理的，有启发性的，让人理性地去思考问题，往远处看……等他讲了几句之后，大伙又热闹了起来，这个时候他就又停了下来。人言我听，人默我言，反正他说话，从来不去凑热闹，不争先，也不去打断人家的话，总在合适的时候说合适的话。记得有一次，一位街坊邻居，做了一些错事被抓起来了。晚饭时，许多邻居在我家里议论，有的说都怪家庭教育不好，有的说年轻人读书习惯不好，有的说他从小就不是根好苗子……讲了一阵子，安静了下来，有点冷场了，父亲才开始说话。他说："还是因为太闲了啊！年轻人无所事事，要闲出毛病来的！"我现在都记得他的话，人其实不怕"忙"，怕的是"闲"。我们的学生和同事，忙的时候表现总是比闲的时候要好得多！

因此，"会说话"的关键首先是"会听话"。只有会聆听，才会抓住重点，才能言之有物，才能在适当的时候说适当的话。

"说话"可以分为三种。如果你说话的对象只有一到两个人，那么就是"谈话"，英文叫"conversation"；如果你在一个小组会议上或饭桌上发言，面对的是十数人，并且你要讲话，别人也要讲话，那么这就是“讨论”，英文叫“discussion”；如果你在一个大会上作报告，面对上百或上千人，那便是“演讲”，英文叫“speech”。每个人在这三种“说话”方面的能力是不一样的，有的人第一种做得很好，但第二、三种都不行，反过来也有。这三种说话的形式，反映了人不同的智慧，人的智慧是通过交互来反映的。这里有天赋的因素，有些人天生口才就是好，也有后天训练的因素，美国的中小学就有很多这样的训练。从整体上来讲，西方人比东方人做得好，中国的北方人比南方人做得好，城里人比乡下人做得好。当一个中国人要走到世界舞台上去的时候，“说话”常常是第一个必须面对的挑战。比如我们的同学第二种能力往往比较弱，他们不知道如何在十几个人的小组会议上有效地表达自己的思想与观点，要么从不发言，让人感到你是一个没有思想的人，要么一上来就与别人争论，四处树敌，搞得大家都不愉快。

“谈话”的关键词是“友好”。你一定要将心比心，要“融入”对方，完全站在对方的立场上，这样的交流才是真正有效的。永远记住，传递你的信息给对方不是目的，“愉快地（happily）”传递信息给对方才是目的。谈话的内容不是最

重要的，谈话的态度才是最重要的。因此，在重要的谈话之前，无需花太多时间准备“讲什么”，而是要花时间准备“怎么讲”。从前，我们的一位外交官与美国国务卿展开最艰难的战略对话之前，他准备了一张他孙女一周岁的照片。他先与那位女性国务卿聊自己的孙女，这样双方的对话在一开始就进入了一种面向未来、面向下一代的友好气氛中。

“讨论”的关键词是“主动”。小组讨论时，当明确了主题之后，应该“主动”发言。不要等人家都发言了，然后你来说几句，“我赞同谁谁的意见”。几次下来，人家会觉得你是一个没有主见的人。当然在小组会议上，也要防止另外一种现象。那就是总有一些人，他不是对讨论的主题有什么观点，他就是想表达他不赞同大多数人的观点，以显示自己的与众不同，你要东，他偏要西。有些人是“have something to say”（有话想说），有些人是“have to say something”（必须说点什么）。会议和圆桌聚餐上，是联络同事感情的好时机，要互相尊重，与人为善。贬低别人不是强者的表现，强者不是将别人打倒，强者是把别人举起来！

“演讲”的关键词是“热情”。你一上台，就要非常清楚你的责任是“鼓动”大家，就像那些商店门口的推销员一样，在大声地叫喊着：“这是全世界最便宜的鞋子！十块钱一双！”哪怕你是在国际学术会议上做学术报告，你也要有这个精神。你只有先深深地爱着自己的研究，对自己的发现和发明感动得想哭，你的报告才有可能打动大家。我的一位朋友跟我讲，他每次做学术报告前一个小时一定要去洗个热水澡，让自己先兴奋起来，多巴胺满满的，上台去演讲的效果一定好。

说到“演讲”，大家一定会想到“PPT”。准备 PPT，要注意以下几点：一、PPT 的内容只是你演讲的细项，不是你的演讲，千万不要去“念”PPT 上的内容。凡是观众能看到的，无需你用嘴巴说出来，你要讲的是那些没有写在 PPT 上的东西。二、PPT 上的图片和影像只是用来辅助你演讲的，不要喧宾夺主，使观众迷失于你的 PPT，而忽略了你演讲的内容。三、PPT 越简单越好，一张 PPT 如果超过了 10 行字，一般是蹩脚的，要简洁、精炼、顺着观众的思路，引人入胜。PPT 张数越多，你会讲得越仓促，听的人会很辛苦。我的观察是绝大多数演讲者都会准备过多张数的 PPT，所以将你准备的 PPT 的页数减少三分之一，可能恰恰是你应该做的数量。四、PPT 的内容安排要由浅入深，前面的三分之一让所有人都听得懂，中间的三分之一让部分人能听得懂，最后的三分之一让所有人都听不懂。完全不懂，听者开心不起来，但完全听懂，就没有了思考的余地。五、PPT 的内容观点要前后一致。你在不同的演讲里可以有不同的观点，但在同一次演讲里，一定要一致。我曾经见过一位学者 PPT 的前后观点不一致，自己打自己的嘴巴，影响不好。所以，要仔细一点，保持前后一致。

“说话”是一门艺术，一门行为艺术，与你的智商有关，也与你的情商有关。听有智慧的人讲话，是一种享受。我这几十年里旁听过不少大师级的朋友说话，受益无穷。我发现他们有几个共同的特点：一、会说“有用的废话”。“废话”一般是没用的，我们学理工科的，一辈子都在要求自己不要说废话。但我现在发现，有些“废话”是很有用的，比如感恩的、致谢的、赞美的、开心的话。这些话也许与讨论的内容毫不相干，但讲了这些话，与不讲这些话，效果大不相同。前面讲的那位外交官与美国国务卿的对话，从孙女的照片聊起，就是“有用的废话”。人是感性的动物，多说点赞美感恩的话，总会使人高兴。二、不说“多余的实话”。大家从小受教育要做一个诚实的人，实话实说是一个人的人品问题，但千万不要忘记，有时候太多的实话会伤害别人。前几天，一对朋友夫妇带了他们的儿子来我家，儿子个子很高。我说：“啊！好高的个子！”他爸爸马上讲：“个子是高的，篮球打得也不错，就是数学很差。”这可能是实话，但实话不需要说全。就像你去外国领事馆办签证，人家问你要三种材料，你给人家三种就行了，没必要给第四种。三、有时需要“对人说人话，对鬼说鬼话”。我最初的体验是在美国刚开始工作时，与三位教授一起在美国首都“推销”我们的自动驾驶汽车的科研项目，主讲的是一位资深教授。上午面对着一大批科学家和企业 CTO（首席技术官），其中有许多美国国家科学院和国家工程院的院士，那位教授一口气讲了两个小时，讲得逻辑严谨，与会的所有人都赞叹不已。到了下午，面对一批完全不同的人，全是政治家与国会议员，这位教授用完全不同的方式讲了同一个题目，讲得无比浪漫，激动人心。我在回程的飞机上反复琢磨这个过程，结论是说话确实需要因人而异。王阳明心学的独到之处，也在于见什么人说什么话的能力。

“说话”的另一个维度是要“合适”，要有分寸，控制你讲话的那个度，全靠你自己的智慧。感恩过头了，就显得庸俗奴性；赞美过头了，让人觉得你在“拍马屁”；喜事讲过头了，人家会以为你骄傲自负；幽默过头了，会让人觉得是不是在讽刺他。没有把握的事，要谨慎地说；伤心的事，不要逢人就说；自己的事，一般自己不要说，要别人来说；急事、重要的事，不要匆匆忙忙地去说，要慢慢地说。说话要心清意静，气定神和，智者说话的目的不在于要向别人证明你是一个会说话的人，而是要在别人心里留下共鸣。

现在的世界信息太多，商品太多，人才太多，变得越来越不值钱，没有稀缺性，个人未来的竞争力在哪里呢？我觉得会说话就是一项稀缺的竞争力。不会说话的孩子，就像不开花的树木一样，也会有无花果，默默无语的人，也会有大成就，但会吃亏一点，艰难一点。所以不如年轻时，进入社会之前，注意练练自己的口才。说话多一点，脸皮厚一点，这样才能开朗自信，轻松勇敢地去闯天下！

放松，放松

在现代人的一生中，除去吃喝拉撒之类的琐事，所做的事大概可分为两类：一类与“荣利”有关，比如上学、工作、考试、晋升、炒股等；一类与“荣利”无关，比如运动、搞艺术、做家务、读闲书、唱歌、旅游等。

每个人活在这个世界上，每天或多或少都在做这两类事，前者常被称为“正业”，后者为“闲情”。每个人在不同的人生阶段，花在这两者上的时间、精力也会不一样。

从世俗的意义上来讲，“成功”主要取决于前者，而“幸福”应该与两者都有关系。

那么人类为什么一定要从事这两类事情呢？

我曾经看过一本书，《植物的欲望》（*The Botany of Desire*），作者迈克尔·波伦（Micheal Pollan）讲到世界上的四种植物与人类的故事：土豆、大麻、苹果、郁金香，这四种植物对人类来说是最基本的，为什么呢？因为它们分别反映了人类的四种最基本的欲望：土豆满足人类的温饱，大麻可以令人类精神陶醉，苹果给予人类甘甜的感受，郁金香让人觉得美丽幸福。

其实，人类的所有活动都是围绕这四种基本的欲望展开的。前面讲的与“荣利”有关的第一类活动，都或多或少满足了人类对温饱、陶醉的欲望，而第二类活动，则多少满足了人类对甘甜和美丽的欲望。当然，这个关系也并非绝对。总之，人类生存的基本点就是要达到这些欲望的平衡，而前述的这两类活动满足了人类的这些基本欲望。

在当下的信息社会里，第一类事情无疑比以往任何时候都占据人类更多的时间和精力，相应地第二类活动也自然地减少了。如果将“世界”比作一个“小区”，把第一类活动想象成具有“实用价值”的地产楼盘，把第二类活动想象成没有“实用价值”的湖泊，那么从前是一座楼，前面有一个大湖；后来变成十座楼，中间有一个小湖；最后是有一百座楼，中间的那个小湖也不见了……只有这样，才能把“实用价值”最大化，而这个“实用价值”与“荣利”有关，那是世俗认为的“成功”的度量。

于是乎，两类活动失衡，社会压力增大，“内卷”越来越严重。人们每天生活在紧张之中，充满了焦虑，有时候自己也不知道到底在焦虑什么。为什么缺少了第二类活动，人会变得如此焦虑呢?

先跟大家讲个小故事。

在我国西部，重庆市与四川省交界的大山里，有一位老人，已经七十多岁了，过着与世隔绝的独身生活。日复一日，年复一年，他每天清晨背着一个箩筐，上山去采中草药，晚上回来。每个月的第一天，他会把上个月采摘的中草药背到镇子上去卖。那一天，他总是很早就起来，去几十里外的镇上赶集。他把所有的草药卖给一家熟悉的药铺，就回家了。回家的途中会路过一家小酒馆，他总要停下来买一壶酒喝。等他把这壶酒喝完，这个时候他一般已经喝醉了，而这家店也差不多要打烊了，他就起身继续赶路回家。

由于喝醉了，且天又黑了起来，回家的路上，他总是跌跌撞撞，不知道要摔多少次跤才能回到家去。有一次，在一个冬天的夜里，他从小路上滑下了山坡，顺着山坡一直滑下了一个巨大的悬崖，最后坠入了深渊。幸好有一棵大树，把他的衣服给扯住了，他就在树上挂了一个晚上，睡得沉沉的。直到太阳出来把他照醒了，他看到山路上有人，就大喊着让人把他给救了下来。

还有一次，他在黑夜里走很陡峭的小路，跌跌撞撞，不知怎地跌到了一座寺庙的破院墙上。我听到这个故事的时候也很纳闷，一般“跌倒”不是往下跌吗，怎么会跌到院墙上去呢？不过，不管怎样，他确实掉到了围墙上。院墙上是垒的尖尖的瓦檐，最多也不过十到二十厘米的宽度，他居然在墙上睡了一个晚上。直到早晨睁开眼睛一瞧，墙下围了不少寺庙里的信众，都正在那里看他。等他好不容易爬了下来，再看那堵墙，连自己也觉得很奇怪，昨晚是怎么到那上面去的呢？

另有一次，他走着走着，一失足，不知道滚到哪里去了。睁开眼睛一看，一片雪亮，怎么会有那么多手电筒呢？再靠近一瞧，啊！那都是黑熊的眼睛！他连忙跑到一块大石头后面，觉得黑熊大概不会发现他躲在那里。过了许久，也不知道什么原因，他发现，他的身子被石头卡得死死的，动也动不了。就这样过了至少一两天的时间，直到有路过的村民发现了他，才把他救了下来。

听他的故事，所有人都有个疑问：怎么这个人竟不会死呢？几十年来，他有无数次这样的遭遇，几乎每次都是“滚”着回到了家。如果换了个人可能早就死了，但他顶多是破点皮，身体总是完好无损，从来没有摔伤过，这不是很奇怪吗？难道他有什么特别之处？可是人的身体构造应该都是相

同的啊！

之所以这样，只有一个原因——他当时喝醉了！

“醉”，是人的生命中一个非常奇特的状态！我曾看过庄子的一本书，其中讲到喝醉的人从马车上摔下来是不会受伤的，而其他的人则不然。照理讲，喝醉的人与其他人并没有什么不同，但为什么会有这样的结果呢？庄子的解释是，因为喝醉的人，他的精神是浑然一体的，“神”是全的。他不知道自己在车上，也不知道自己从车上摔下来，生死不惊。他身上的“元神”在那里，一直在保护着他，从而避免了许多可能的危险。

真的很奇妙！我以前也听说过很多发生在地震灾区的故事，所有的大人都死了，而小孩却完好无损，报纸上说是因为小孩没有惊恐。没有生死意识，就没有恐惧，其元神充沛，身体就会无损。

“醉”的状态也是如此，神奇得很！你看，醉拳，如果没有喝醉酒，身体是无法那么柔软的，醉拳是打不出去的。就连写诗、写书法，在喝醉了酒的状态下，写出来的诗和书法，也会神采飞扬，与平常不同。

为什么“醉”的状态能产生如此巨大的神奇力量呢？还是因为“放松”两字！当一个人彻底放松的时候，他会无拘无束，无天无地，没有恐惧，没有担忧。他的元神就会随之起来，他的直觉就会开始工作，他身体的“自然智慧”驱使他开始反应，使他做他此时应该做的事情。

所以说，“放松”对人类的正常生存发展是多么重要。这也就说明了，为什么前述的人类的第二类活动是非常必要的，因为第二类活动能让人的身心放松下来，平衡起来。相反，如果我们每天只管忙着第一类活动，只忙“正业”的事，就会越来越紧张，心里就会越来越患得患失，自己也会变得越来越没有趣味，离自然越来越远，离爱越来越远，渐渐地心态就会失衡……目前，焦虑的人越来越多，学生的心理健康越来越成问题，几乎所有的问题都是由于“紧张”造成的。反过来你只要稍微“放松”一点，问题就会迎刃而解，对待学业上、工作上的内卷是如此，对待疾病也是如此。因此，在我看来，“放松”这两个字简直是一个无往而不胜的法宝。

年前我去拜访过一位高僧，人们都说他不仅修道好，而且太极、内功、中医都极为高精。见面后我发现这位老人说话相当迟缓，我问两三句，他总缓缓地答一句。更奇怪的是，无论我问什么样的问题，他似乎都是以一句意思差不多的话来作答：“还是要注意放松。”“放松一点就好。”一个多小时过去了，我告辞前，请教他打坐的姿势和时间。这回他用了两句话，意思是，放松是最重要的，所有的方法、环境、坐姿等，如果不能让你放松，你都可以统统不理，“放松是最高层次的”。

回来后，我反复琢磨，想起《金刚经》中有一句话：“汝等比丘，知我说法，如筏喻者，法尚应舍，何况非法。”这里的“如筏喻者”，是指任何方法其实都只是渡河用的筏子，就像游泳时水池中的水，它们并不是你的目的。用手指着月亮给你看，并非要你看手指，而是要你看所指的那个月亮。因此，所有的方法、坐姿，对于禅修而言都不是目的，而是渡河的筏子，“放松”才是目的。

朋友，秋天很美，烦恼不对！不要焦虑，焦虑本身比你焦虑的那件事更可怕！不要恐惧，恐惧会让你失去所有理智！也不要紧张，紧张是因为你对那件事、对那个人不了解。为什么你面对你的老师会紧张？如果你经常与他在澡堂一起洗澡，你还会紧张吗？学业之余，多参加一些前述的第二类活动，平衡身心，发展天趣，自重自信，乐观前行！

现时过年远不如旧时来得热闹好玩，尤其是在乡下，我印象最深的一次是我下乡第一年在村里过年时的情景。过年这个“隆重”的节日从腊月初就开始了，队里陆陆续续停下了田里的农活，每家每户都开始兴奋地忙碌起来，嘴上喊着：“要过年了，要过年了！”有这么一件大事在前面召唤着，所有人心里都充满了无比的兴奋与激动，盼着这个日子尽快到来！接下去就是掸尘、杀猪、请灶司、杀鸡宰鸭、包粽子、舂年糕、送财神、请天地菩萨、拜祖宗、挂春联……其实我也记不清所有活动和次序。如果你要问我在所有活动中，哪件事最好玩，我会说是舂年糕。

村里过年舂年糕一般是几户人家拼一个大石头做的凹型“刀就”（绍兴话）。那时大家的粮食不多，几户人家把米放在一起，淘米，磨粉，蒸粉，然后就是最戏剧性的舂年糕。一般在晚上进行，村里到处燃着篝火，舂年糕的年轻人大声吆喝着，唱着民歌，“舂年糕”的全是壮年和青年农民。一开始我觉得很好玩，好像也并不是那么难，就去试了几下。然而，试了几下之后，我发现这绝对是个技术活。我用了很大力气，把木头做的大槌杵举得高高的，使劲把它打下去，但捶下去的效果一点都不好。

旁边一位老农同我讲：“你用力太过了，这玩意儿不能用力，要‘行势不行力’。”然后他示范了一下，说，“要缓缓地举起槌杵，在空中稍停一下，积聚了足够的‘势’，猛地一下子捶下去，又准又顺。要有节奏，这样不仅很有效，很有力，而且没有那么累。”那天晚上，我试了很多次，总是不得要领，累得我都快趴下了，但心里还是非常高兴。抓一把热腾腾的年糕胚子，蘸一蘸旁边的红糖，那种享受真是没话说。大伙儿每个人都来舂几下，满头大汗，一边擦汗，一边吃着热腾腾的甜年糕。红彤彤的脸上喜气洋洋，欢歌笑语，那才真正是过年的气氛。

虽然我没有真正学会舂年糕，但那位老农讲的“行势不行力”，我会常常记起。之后在做农活时常常发现，不刻意用蛮劲，用蛮力，而是行“势”，这样干活的效果好，而且很省力，可以长时间地干。多年之后，我碰到过一位武术教练，我在与他闲聊习武的诀窍时，他也说过这句话，“习武者要会行势”，一定不能刻意使力，这样的力才是爆发型的。他还讲，要想“行势”，就要全身“放松”，越柔越佳，这样才能把“势”行出来；如果“使力”的话，全身是硬的，势就行不出来，就不会有爆发力。其实，在日常生活中，这种例子是很多的，我在电视里看到高尔夫球比赛，发现球打得好的，也是运用了转身时的“势”，而不是力气。

在村里，过年是很开心的，然而，这个“年”却很快就“过”去了！过了元宵，村民们就好像从一场好梦里突然醒过来了一样，要开始过紧日子了。家里的主妇每天在烧饭的时候都要匀出一罐米来，为家里预留一点粮食。我听说每年村里都会有青黄不接的时候，秋季的粮吃完了，而春季的粮尚未收进来。

那天很寒冷，太阳都快下山了，夕阳的余光照在满是浮冰的小河上。村里的人都急匆匆地赶回家烧饭。不时能听到大人们在呼唤自己家的孩子：“吃饭了！吃饭了！”我刚从田里回到村子，问身旁的农友：“怎么这么早就吃晚饭了？”停了一会儿，农友说：“其实，这个时候，也没什么晚饭吃，大多是一些红薯粥，加点菜或杂粮。”

我觉得自己也应该去烧饭了，还没等我烧完饭，就听见

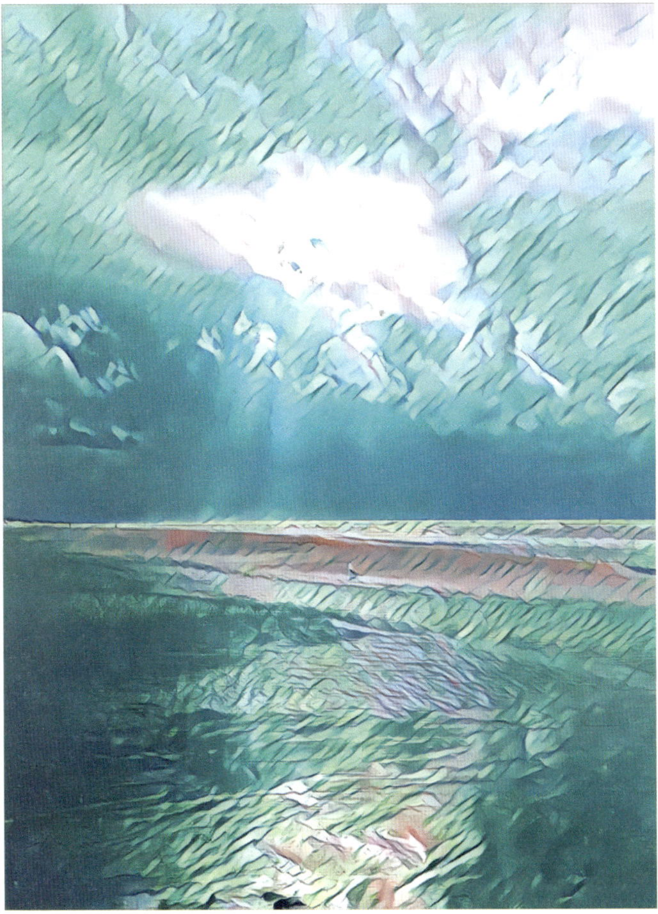

屋外有人在哭，好像是个小孩。我赶忙走出去看，是邻居家的小女孩，她爸爸正用竹条打她。天快黑了，昏暗的天色里，那个小女孩哭得好凄凉。我问旁边的小孩：“什么事啊？”有人告诉我，她吃完晚饭后在跳橡皮筋。我心里想，这有什么不对啊！她爸爸可能因为我在看，不好意思再打了，拉着自己的女儿回家去了。他们路过我门口的时候，我发现小孩的脸上都是被打出的一条一条的青痕，我不禁有些愤然：“自己家的孩子，不过是跳了跳橡皮筋，要打成这个样子！”

晚上我屋里有电灯，所以大伙儿都来我这里，我不觉议论起刚刚看到的那个小孩被她爸爸打的事情。旁边的人都摇着头叹气，说：“这个时候，大人也没有办法。吃完晚饭必须让孩子们睡觉，如果不睡，晚上吃的东西只能维持一两个小时，很快他们就会哭，这样整个晚上全家都不要睡了。”

过了几天，我想我还不如回城里去，看能不能想点办法，救济一下我的农友们。我回到家里想到的第一个人就是我的母亲，我母亲为人极其善良，又充满智慧，在她面前，我常常感到我不够善良，也不够聪明。我同她说了村里的情况，她说，只有一个办法，就是明天到市场上去买一些粮票。我知道我们家也很艰难，但母亲就是毫不犹豫地去做了。晚上回来，她悄悄把我拉到她床前，从枕头下取出了厚厚一沓粮票，叫我第二天一早回村分赠给农友。

在每年青黄不接的早春时节，分赠粮票给我村里的农友，是我与母亲两个人多年的秘密，即使后来我上了大学，母亲仍旧每年都这么做。直到有一年，我在美国收到母亲的来信，她在信上说现在已经不用粮票了，我们不用再那么做了。我好感谢我善良的母亲，是她这么多年来默默完成了我的心愿。我也深深地感受到了祖国的进步，我们终于盼到了一个富足的时代。

三十多年过去了，改革开放使祖国发生了翻天覆地的变化。前几年的一个春节，我抽空去看了看我下乡的村庄。村里几乎是空的，大多数房屋是新盖的，根本认不出来了。但我与另一位知青住的那两间宿舍，居然还有一间保留着，依稀还能从这个参照物认出从前村子的一些痕迹。走了一圈，我在临近中午时离开了村庄。

出了村子，通过大桥，就到了大江口，我的车停在那里，旁边有一家“农家乐”，我就顺便走进去看看。有一桌已经快吃完的客人，桌上满满地放了十多碗菜，多数菜仿佛动都没有动过。桌上的客人大多已经离开，只剩下一位老奶奶在喂一个看上去四五岁的孩子。孩子长得很胖，老奶奶拼命往他嘴里塞东西，一边塞一边问他：“要吃鱼吗？”“不要。”“要吃肉吗？”“不要。”反正老奶奶要他吃什么，他都不要。

看着那桌丰盛的饭菜，看着这一老一小，我不由得想到从前村里的事，想起那个被父亲抽打的小女孩，想到分赠给农友的粮票……三十几年前后，仿佛是两个世界，一个是地，一个是天，真是感慨不已。

我忽然想到了春年糕，想到了那位老农“行势不行力”的话。改革开放把禁锢人们头脑的枷锁突然打开了，每个人心中所蕴藏的巨大能量突然之间释放了出来。正是这无比巨大的能量，使得这短短几十年里，在广袤的华夏大地上发生了如此巨大的变化。

“行势不行力”，这句话很简单，却揭示了这个世界上许许多多现象的运行规律。按这个规律行事，常常会容易成功，否则是事倍功半。就像你在天花板上挂一桶水，底部钻一个小洞，水就滴流下来了。你在下边放一个碗，一会儿就盛满了水。但你如果想把这碗水从下方搬到上面去，那就会难得多，这就是“势”的作用。正确合理地利用“势”的属性，可以把许多复杂困难的事化简而行。

“势”者，“差”也。差，就是差别。差别决定了势的大小和来源。你看，有冷暖之别，天才会起风雨；有高低之别，江水才会流动。我们都知道改革开放之初，国内与国外的差别，深圳与香港的差别，正是这种巨大的差别，国家改革开放政策顺势而为，才产生了如此巨大的动力，造就了如此巨大的变化。

“势”者，“时”也。去年冬天的一个早晨，那天特别冷，我独自走在校园里的山路上，发现有一位中年人来得比我还早。他手里拿着一只塑料袋，看上去不大像是老师或学生。我问他从哪里来，他说他是捕蛇的，又补上一句：“今天这样的天气是捕蛇的好日子呵！”待我下山的时候，他从我后面快步走来，我看他的塑料袋里已经有两条大蛇了。寒冷的冬天捕蛇，顺天时，就是顺势，只要顺势，做了就有八成的可能会成功。

“势”者，运也。“势”在于“运”行，就像流动的水，是运行着的，而不是静止的。所以，高明的哲人会看到“势”在何处，如何运“势”。当我们弱的时候，我们是否应该考虑“借势”？改革开放也好，招商引资也好，古代的诸葛亮向东吴借兵也好，都在“借势”。当我们逐渐强起来时，我们可以“顺势”。再强到一定程度，我们或许可以“造势”。注意，从“借势”到“顺势”再到“造势”，是视你所处的地位而定的。如果尚在很弱势的时候，你就急着去“造势”，那恐怕是很危险的。

“势”者，功也。顺势行事，成功才有把握。张良的老师黄石公在《素书》里讲：“贤人君子，明于盛衰之道，通乎成败之数，审乎治乱之势，达乎去就之理。若时至而行，则能极人臣之位；得机而动，则能成绝代之功。”这里讲到的“势”“时”“机”，就是“时势”的意思。只有懂得抓住时势，审时度势，成功才有希望。“时至而行”“得机而动”，才能“成绝代之功”。如果时势不至呢？古人讲要“知止”，墨子的话是“知止不殆”，这个时候刻意行动，不仅于事无补，而且会功败垂成。

我站在大江口，遥望远方，江水奔腾不息，顺势而下，浩浩荡荡。“行势不行力”这句古训，质朴简洁，智慧无穷。我身边这片大地在过去四十多年里的巨变不正是这句古训最好的诠释吗？

我的第一罐可乐

记得是在二十世纪八十年代初，有一次我去西安出差，坐在从郑州开往兰州的火车上，那段铁路叫陇海线。那时候，火车是绝大多数老百姓出远门的主要交通工具，每一个小站都要停，所以火车行驶得特别慢。更重要的是，赶火车的人特别多，来回的班次特别少。一般情况下，每天开往一个方向的只有一班列车，你赶得上就赶，赶不上就得等到明天了。车票一般买不到，不要说卧铺，就是硬座也很难买到。好在那个时候铁路管理还没有那么严格，买不到票的可以直接上车，在火车上补票。

因此，无论是在哪个火车站，当火车快要进站的时候，月台上都有乌泱乌泱的人群等在那里，火车刚一停靠，便一齐涌向月台。那个“挤”的程度，恐怕在世界上找不到任何一个情景能与之相比。每次碰到这种状况，我们几个年轻人常常相互鼓气：“我们怕什么，我们如果都挤不上，就没有一个人能挤上去了！冲啊！”往人缝里挤，不行的话，就攀着往上爬，往火车的车窗里冲。注意，我们从来不从车门走，因为那里人太多。我们是从车窗，一个人先爬进去，再把车窗全部推开，把其他人一个一个往里面拉……

进了车厢后，一般是要“站”在那里，车厢里非常拥挤，而那时候的火车是没有空调的。我记得我们去出差的那次是在夏天，天很闷热，大家都挤在一个车厢里。大伙都穿着T恤或背心，汗味在车厢里萦绕不散，你想躲也没处躲，只有忍着……火车就这样开着，愈往西开，上车的人愈少，车厢里也就没有那么挤了。到了河南省界的时候，我已经找到了座位，一坐下来就困得想睡觉，不一会儿就迷迷糊糊地睡着了。不知过了多久，等我醒来的时候，发现我旁边坐着一位老太太，对面坐着一对学生模样、似乎是在谈恋爱的青年男女，旁边依然挤着买站票的人。天气很热，正是正午时分，火车上的小推车来了：“请让让，请让让。”推车的服务员大声嚷着，小推车从人群中挤过，大家都探着头想看看小推车上有什么东西。

小推车上的东西不多，有方便面，有饮料。那个时候，大多数饮料是用玻璃瓶装的，但在最醒目的位置，放着几罐可口可乐，那鲜艳的红色，配着银白色的英文字母，在那个时代，可是最时尚、最高贵和最令人向往的东西。我从来没有喝过可乐，只是听人家说过。其实我看见过可乐，但那是玻璃瓶装的，放在饭店的柜子上，当然也很贵，像我们这样的穷学生是不可能去买来喝的。

正在我想着的时候，坐在我对面的那位男青年发问了："这罐可口可乐要多少钱？"服务员回答："三块六。"我心里一紧，啊！三块六比我每月助学金（十二块）的四分之一还多，我可买不起。可能是因为太热了，太渴了，或者是想讨好女朋友，那位男青年挣扎了半天，终于决定要买这罐可乐。付钱之后，他手上拿着那罐可乐，抹去上面的灰尘，那罐子显得更加醒目了，闪闪发光，我看了也很羡慕，他女朋友更是笑得合不拢嘴。可是，问题来了，这位男青年怎么也打不开罐子，他对女朋友说："你到行李架上去把我的那把螺丝刀取出来。"我心里想："伙计，可能没这么难吧，手应该是可以打开的呀！"我想同他讲，但我那时比较内向，不太愿意同陌生人说话，同时也考虑到，我在他女朋友面前教他，似乎有损这位男朋友的形象，怎么办呢？

我灵机一动，心想，今天豁出去了！"我也来一罐！"服务员把可乐递给了我。那位男青年看了我一眼，我悄悄地把那罐可乐放在下面，隔着中间的小桌子，那位女青年是看不见的。那位男青年很机灵，他注意看我怎么打开那只罐子。我只用手轻轻一拉，就把那罐可乐打开了。男青年看到了整个过程，眼里露出感激的目光，连忙同他的女朋友讲：“不用拿螺丝刀了，不用了！”等女青年转过身来，他已经打开了那罐可乐。

我开始欣赏起我的那罐可乐了！我想这玩意儿怎么会这么贵！可能是因为很好喝，大家都爱喝，所以就这么贵！也有可能是有什么高级的营养成分在里面。我抿了一小口，“哇！”我都想大声叫出来，这是什么东西啊！这么像中药，而且像发酵的中药！因为天热，可乐被晒了半天，滚烫滚烫的！上面有泡沫，这泡沫在阳光下还是五颜六色的。“天哪！”我真想把嘴里的那一小口可乐给吐出来，我一定要把它吐出来，太难喝了！我心里想着，赶紧在附近找塑料袋，想要把它吐掉！

“天哪！我干了一件什么好事！”我开始后悔了，花了这么多钱买了一罐喝着要吐的东西！我就这样手捧着这罐鲜艳的红色可乐，闭着眼睛，又渴又饿，坐在这趟西去的闷热的火车上。

人生有时候很奇怪，我第二次喝可乐的时候就已经在美国了。冰镇的可乐，配上热乎乎的比萨，很好吃啊！我简直都要上瘾了！同美国人一样，每次去超市购物，第一件事就是买很多罐可乐，再买两瓶大的，放在冰箱里。我喜欢可乐，喝起来很爽，提精神。

现在回想起来，如果按我第一次喝可乐的那个心情，我绝对会抗拒这种饮料。我那个时候坐在火车上闭着眼睛瞎想："是哪位傻瓜把这么差的东西引入中国来的？要是每个罐子里都装上我们的龙井茶，该多好！"

是的，每个人第一次碰到新鲜事物的时候，第一感觉总是抗拒的、反感的、怀疑的。

我们设想一下，假如你是从大山里面来的，从来没有见

过游泳池，有一天，当你来到游泳池边，看到很多人在池子里拼命地游水，你会觉得不可思议！他们花这么大的力气是在干什么呀！没有任何目标，没有任何利益，做完了又这么累！何苦要这样呢？他们是想折磨水吗？还是想让水来折磨自己呢？这个时候，如果这个从大山深处来的人是大富翁，你想让他投资建一个游泳池，我想他死都不会同意的。

“游泳池”是这样，“自行车”也是如此。假如你从来没有骑过自行车，也从来没有看见过有人骑自行车，那么当一辆自行车放在你面前的时候，你也许会觉得这辆自行车是没办法骑的，骑上去也会倒翻的。然而，自行车大家都能骑得好好的，骑得越快，它就越稳。

所有的新事物、新思想和新技术，在它最早降临世界之时，人们总是以怀疑的眼光来看待它们，或是斥之为“时髦”的东西，或是要想方设法地去排斥它们。这种本能的排斥态度，是因为所有人都看不到它的价值，低估了它的潜能。然而，历史的长河就是由一个又一个新事物串联而成的，这个世界的发展就是由这些新事物来向前推进的。你今天嘲笑它，明天它会反过来嘲笑你。

前几天，有个公司来邀请我参加高层的战略规划会议，这种会议我参加过多次，但我心里常想，世界上有哪些真正创新的东西是规划出来的呢？真正的新事物、新思想、新技术和新产品很少是在房间里讨论讨论就能规划出来的。与其花这么多精力去做规划，还不如准备一个敏感的头脑来打破传统的思维界限，去迎接“新事物”的出现。

我记得香港有一位著名企业家曾经讲过一段关于新事物的话，大致意思是，当 5% 的人喜欢它时，你应该赶快去投资它；当有 50% 的人喜欢、追逐它时，你就不能投资了；当 90% 的人都在追捧它时，可能是你撤退的时候了！一个公司也好，一个人也好，对待新事物的态度决定了这个人、这个公司的格局与命运，是 leader（领导者）还是 follower（跟随者）的本质区别。

是的，也许一个人生命的价值，常常在于他能否看到每一个出现在他身旁的新事物的价值，在于能否看到崭新的每一天的价值。

清晨，我在神仙湖边散步，当我看到从东方血红血红的云彩中射出来的第一缕阳光时，我对自己说，我要用无限的爱来爱这新的一天！“日月不住天”，今天的太阳是新的太阳，今天的月亮是新的月亮，今天的空气是新的空气，今天树上的花是新的花。由此，我也要用全新的心情来迎接这新的一天！

看戏

小时候，跟着大人去看过戏，次数不多，都是地方戏曲为主。只记得那个时候我总觉得戏台子上穿着古装戏服的人都是假的，常常与同去的小伙伴争论不休。这样的时光很短，不久“文革”开始了，地方戏曲都没有了，只剩下几个“样板戏”。看戏的机会渐渐少了，取而代之的是电影。那时候常常看露天电影，偶尔也到剧院去看电影。对我而言，一说到看戏，实际上就是指看电影，直到很多年后到了香港，我发现广东话里“看戏”和“看电影”是同一个说法，觉得很有趣。

中学毕业后我去下乡，村里也放露天电影，大多是在农闲的时候，在隔壁村小学的操场上。每到电影放映的那一天，村里的老老少少从清早开始就都喜气洋洋的，在路上逢人都要攀谈几句电影放映的事儿。那时候没有现在的这种武打片、爱情片或侦探片，主要是几部反映战争的革命电影，如《地道战》《平原游击队》《英雄儿女》《小兵张嘎》《铁道游击队》等。有一次，听说晚上要放外国电影，大家都兴奋得不得了。我在村里的放映队里有位熟人，我问他要放的是什么电影，他也说不清楚，只是很神秘地说，那个电影的名字很长，反正外国人的名字都很长的，仿佛越长就越浪漫。到了晚上，我才看到那部电影的名字叫作《在广阔的地平线上》，是一部阿尔巴尼亚的电影。看了半天，虽然不知道电影讲了什么故事，但还是觉得很浪漫，这种感觉很好。后来我在美国的时候常常想起这件事，我想，在一个相对封闭的环境里，如果一个人能说几句外语，大概都会让人感到很浪漫吧。浪漫，

可能是与自己不熟悉有关，人对自己每天都在做的事情，大概不会感到浪漫。

如果晚上要放电影，这天常常很早就收工放畈，大家早早地从田野里赶回家去，匆匆吃点晚饭，就要赶忙去占位置。每家每户总有一两个小孩，太阳还没落山就扛着长凳早早地去放电影的地方占位置了。我当然不行，我得自己准备晚饭。用稻草烧饭，灶火总是时断时续，等我把饭烧熟，人家早都已经走光了。等我吃完饭扛着长凳走到放电影的地方，基本上就是最后到的了，所以每次都只能坐在最后一排。

不过也有一次例外。那一天我和大队的书记一起去公社开会，下午开完会，公社发了两个面包，我们边走边吃，往放电影的地方赶。书记是个电影迷，急匆匆地走在前面，我跟在他后面，像是他秘书的样子。村里一位朋友告诉我，书记很享受他后面有一个像我这样的秘书跟着他走来走去的感觉，因为凡是领导，后面都会跟着一个秘书的。那天到了放电影的地方，我才发现我们两个都没有带长凳，要回家去取已经来不及了，这时恰好被坐在前排的我们村的 D 叔瞧见了。他赶紧招呼我们："快过来，快过来，我这里正好有空位。"说着就把书记拉了过去。我站在那里有点尴尬，书记说："你也来吧，大家挤一挤。"就这样，我第一次坐到了前面的好位置，正是托了书记的福。后来，我发现 D 叔是经常有空位占着的，常常分给晚到的领导，他总是说："我这里正好有空位。"大家都知道他很会做人。D 叔对我们是从来不笑的，很严肃，是我们村的小领导。他脸上有点麻子，所以年龄大一点的人在背后都叫他"D 麻子"。

当然，大多数情况下，我没有那么幸运，总是坐在最后一排。也有村里对我比较照顾的农友，会客气地招呼我去与他们坐在前排挤一挤，但我觉得不好意思，很少会过去坐。我们坐在后排看电影的人，最讨厌前排的人站起来挡住我们的视线。也不知道是什么原因，电影放到一半的时候，就在 D 麻子他们坐的中间那几排的地方，总会有小孩子看着看着就站了起来。后面的人就开始不满地嚷嚷，让他们不要挡住后面的人，可是他们的大人却总是护着这些小孩子，由此可见很多国人的家庭教育不重视和孩子讲规矩。这样一来，后面的人也跟着站了起来，常常是站着一批人，坐着一批人，坐着的骂那些站着的，站着的骂那些坐着的。这场景很像我们平时过马路，走路的人总讨厌开车的，而开车的又总讨厌那些走路的人。

常与我坐在最后一排的还有两个人，一个是村里唯一的"五保户"阿婆，另一位是每次都扶她来看电影，帮她扛长凳的阿 B 哥。阿婆住在江边的渡口那里，每次我去摆渡的时候都能看见她坐在那里。她从不说话，满脸皱纹，身体佝偻着，瘦小得好像一阵风吹来都会倒下去的样子。她脸上毫无表情，我都不知道她能否看得懂电影，但几乎每次放电影她都会来。

阿 B 哥是个仁心的人，每次都是他去扶阿婆过来，身上扛着一条他自己家的长凳。起初我以为他是阿婆的亲戚，后来才知道他们之前没有任何亲戚关系。阿 B 哥的善心在村里是出了名的，村里无论哪位老人过世，临终前他都会过去帮助擦洗、换衣服、入殓，这件事他做了很多年。村里老人对他都很好，都很喜欢他，都说他比自己的亲儿子强多了，因为他总是这人世间里最后一个送走老人家的人。

有一次，放电影的时间比较早，大家都赶着过来，有的还没来得及吃晚饭，我当然也没顾上做饭。即便如此，等我赶到的时候也只剩最后一排的位置了。不久，阿 B 哥搀扶着“五保户”阿婆也走了过来，我与阿 B 哥打了个招呼，大家嘻嘻哈哈地讲着今天要饿着肚子看电影了……说着说着，电影就开始了。黑暗中阿婆突然将我的手抓了过去，另一只手从自己的衣服口袋里掏出了一个红薯，放在我手里让我吃。我看不清楚她的脸，只感到她的手很冷，冰凉冰凉的，但那个红薯却是热的。我轻轻地说了句谢谢，咬了一口红薯，很香甜。

正想再咬的时候，突然屏幕上发出了一声尖叫，日本宪兵司令部的大门敞开了，几辆摩托车伴随着尖叫声疾驰而来。站在前排板凳上的小孩受到了惊吓，一个趔趄朝后倒去。大人们试图去拉住他，但也重心不稳地向后倒了过去。像是“多米诺骨牌”似的，一瞬间，大家都倒翻在地上了。我和阿婆坐的这排也没能幸免，也被压在了地上。幸好人不多，一会儿大家就都爬了起来……等我爬起来重新坐好的时候，我忽然想起，阿婆给我的红薯不知道丢到哪里去了……

那年冬天，阿婆就离世了。那天早上我去河边洗碗，远远地朝渡口望去，阿 B 哥一只手抱着用麻绳捆住的带花的棉被，正向江边的小船走去。我想那棉被里裹着的应该就是瘦小的阿婆。河边上的人抬头望着他们，没有人哭，没有人悲哀，就像没有事情发生一样。

村里的生活就是这样，唯一的娱乐就是偶尔才有的露天电影，总令人十分期待。对我来说，那也是我在那段时光里少数几件带有一丝乐趣的记忆，印象也就特别地深。

说起来，看戏，其实也是人生的一部分。

人生不就是有时演演戏，有时看看戏吗？成功人士，演戏的机会就多一点，但大多数人还是在看戏。即便是那些演戏的人，在他们一生中的大多数时光里也是在看戏的。然而，看戏的人也是有不同的，我那时处于社会的最底层，看戏也只能坐在最后一排。所以有时候，看戏看不清楚，倒看清了看戏的人。

一顶草帽

已经是秋天了，但在江南，有些天比夏天还热，俗称“秋老虎”。太阳晒得柏油马路吱吱作响，行人很少，除了一些急急要办事的人以外，大家都不会在这个时候上街。

我在街上扫垃圾，是村里派我到城里干活，是记工分的。我下乡的那个村平时在农闲时，经常派人到城里扫垃圾，不是为了清洁马路，而是为了收集肥料。当时的农村很贫困，买不起化肥，到城里的大街小巷去扫垃圾是一种很实用的收集有机肥料的办法。生产队派我来城里，一方面是照顾我，因为扫垃圾是个轻松的活；另一方面是因为我家住在城里，住宿方便一些。

清早，我与队里的几个农友一起撑一条大船，从村里出发向城里摇去。大家轮流上岸做纤夫。纤夫的工作是把一条绳子系在船上，另一头背在自己身上，要小跑着用力拉着绳子往前走。这是很累的活，每个人大约跑一个小时就要换下来。中午到了城里，农友们就在河岸边随便搭一个棚子，作为临时睡觉的地方。我比较幸运，因为我可以回老家睡觉。在城里扫垃圾，虽然不是件很辛苦的活，但我心里其实是不大情愿的。因为在城里的大街小巷扫垃圾，不时会碰到熟人，有的是同学，有的是邻居，人家都衣着整齐，很风光的样子，而我却在扫马路，这种感觉很不好受。我情愿到大家都不知道的荒郊僻野去干活，即使再苦再累，也不会被人耻笑。现在来了城里，我只好带农友们去离我老家远一些的地方，在那里碰到熟人的几率或许会小一点。

记得那天是在一个闹市区附近的小巷里扫垃圾，好像是笔飞弄附近，天很热，行人很少。这时一位老太太从对面冲过来，手上拎着一大桶垃圾，见到我就说："我认识你妈妈。"她很亲切地称我妈妈为"大姐"，她说："大姐的儿子看上去还蛮流亮的，怎么在做这种事？"（"流亮"在绍兴话里是"聪明相"的意思，意思是我不该做这些事）说着就把大桶垃圾倒在我的垃圾车上，"你就不用去扫了，拿回去吧。"虽然我不认识她，但她看起来真是个好心人，说着还叫对面站在家门口的老伴，"把家里的那顶草帽拿来！"她拿来一顶上新的大草帽送给我，说太阳太大的时候要戴上草帽。这顶草帽

的边很宽，看样子放在家也没有人用过。我连声道谢，把草帽戴在头上，蛮舒服的。

到了晚上，我回老家睡，对祖母说：“你能不能把这顶草帽的边加宽一点？”我祖母做过裁缝，她做这类活计很能干，拿来就用青蓝色的布在草帽上加了一层边，又在边上加了一层帘子。祖母也没问我什么，但她估计明白了我的意思。人家的草帽是用来遮太阳的，我的草帽其实是遮人家眼的，是不愿意被人家见到。

在这之后，每次在城里扫垃圾我都会戴上这顶草帽。戴上这顶草帽，我常常记起鲁迅先生的一首诗：“运交华盖欲何求，未敢翻身已碰头。破帽遮颜过闹市，漏船载酒泛中流。

横眉冷对千夫指，俯首甘为孺子牛。躲进小楼成一统，管他冬夏与春秋。”这首诗很像我在那个年代的心境。白天，草帽“遮颜过闹市”。晚上，早早地上楼，找一本书看看，越来越少跟人说话，朋友也越来越少。“躲进小楼成一统”，只要晚上有书读，“管他冬夏与春秋”。

那个时候，每天晚上躲在老家的楼上看书是一种享受。那时候找书很难，凡是能找到的书我都看。其他人都会看小说之类的书消遣，而我是什么书都看，枯燥无味的书也看，哲学的、逻辑学的、数学的、历史的、文艺评论的，等等。白天扫垃圾，晚上看旧书，我祖母调侃我是“文武双全”。

然而，戴着这顶草帽在城里扫地，下雨天还会穿着蓑衣，人们都说我愈来愈像个农民，被城里人另眼看待是常有的事。有一次在街上，天很闷热，有人在吆喝着：“棒冰，棒冰……”是一个穿着时髦的女孩，身上草绿色的军裤在那时是很流行的。她推着一辆自行车，车上有冰棍箱，不一会儿就有十来个人围在她的自行车旁。她叫大伙儿排好队，每个人她都问一声：“要赤豆的，还是奶油的？”赤豆冰棍三分一支，奶油的就贵一点，七分一支。每个人她都会问一下，可是轮到我，她就直接把赤豆冰棍递给了我，都不问我一下。我想她大概是觉得我买不起奶油冰棍吧，这着实把我刺激了一下。我说："给我两根吧，赤豆、奶油各一根。"回来我分给了农友一根，自己吃了一根。

我尽量忍着，对自己说，要宽恕人家。很快卖冰棍的就离开了，地上留下了一大堆纸屑和杂物，我马上过去扫干净。有人说，紫罗兰把它的香气留在了那只踩扁它的脚上，这或许就叫宽恕吧。

我边扫垃圾边想：世俗的人啊，你遇到人时，为什么就不能直接看看那个人，而是一定要先看他头上的那顶帽子呢？草帽、阳帽，抑或是礼帽，那都是人戴的呀。那是"虚"的东西，人是"实"的。凡俗的人为什么一定要追求"虚"的东西呢？

如果真的有上帝的话，上帝大概不会这么看人。就像看到一块绣花布一样，世俗的人啊，总是看到绣花布的反面，那些错综复杂的线索。而上帝不会，上帝看到的是绣花布正面那一朵干干净净的花。

扫垃圾的次数多了，慢慢地也就习惯了。最后一次扫垃圾的时候，我已经在外村一个小学做代课老师了。那几天我正好在城里，于是就跟农友们一起去扫垃圾。那是初冬的一天，天已很冷，我戴着草帽出门，从城西扫到城东时，已经是下午了。我低着头只顾扫马路，不想，也不希望有人看到我。谁知就在我极不情愿被看到的时候，有人在我肩上拍了一下，喊了我的名字。“谁呀？”我不耐烦地抬头，一看是我老家的邻居。他说：“你好像考上了！”“考上什么？”“你不是参加了高考吗？”我忽然记起来，一个多月前是去参加过高考。那是第一次高考，十一届的毕业生都去参加考试，人山人海。我没做什么准备，其实也不知道要准备什么，与所有人一样，我对考上大学不抱任何希望。我问他：“你怎么知道的？”他说：“城中百货大楼门口的墙上有榜贴着，你去看看。”

于是我就把垃圾一放，赶去百货大楼。天下起了大雨，赶到时已近黄昏，黑蒙蒙的，很多人围挤着在那儿看。高高的墙上贴着很多人的名字。因为下雨，大字报贴得不够牢，雨水把大字报打湿了，上面的那部分已经卷着垂了下来，那上面的名字是看不到的。我在能看到的那些名字里找不到我自己的名字。草帽已经湿透了，雨水沿着帽檐滴下来，滴到旁边人的衣服上，我连声说着对不起，边说边离开了那个地方。

我想这可能不是真的，那位邻居是做木匠的，平时说话喜欢开玩笑，我想也许是在与我开玩笑吧。第二天我就回农村去了。又过了几天，公社打电话给我。那是一个中午，对方说的既不是标准的普通话，也不是标准的绍兴话，听起来很费劲，大致意思是说我已被浙江大学录取了，是按第一志愿录取的。我忽然记起几个星期前，我确实是按《浙江日报》公布的志愿表来填的志愿。报纸上的第一行，我就填在我志愿的第一行，因为是《浙江日报》，我记得第一行是浙江大学。因为我填得比较快，所以那天在公社里填志愿的人都让我来帮他们填。他们把姓名和准考证号写好，我帮他们填上志愿。我就是按《浙江日报》上的大学名字随便填上去的，因为大家都想着，要是能考上大学就好了，没有人在乎究竟要去哪一所大学。

所以，当我收到通知后，我第一个想到的就是："哎呀！还真有这么一回事，你填了志愿，人家还真的会录取你！"我突然对那些让我帮忙填了志愿的农友们感到非常抱歉，因为他们根本不知道我帮他们填了什么学校，我自己也不知道帮他们填了什么学校。我拔腿就走，立即去公社，想要弄清楚上大学这回事到底是真还是假。

到了公社后，那里的秘书我认识，他说，只有我一个人考上了大学，其他人都没有考上。我帮助填写志愿的那帮伙计都没考上，我填的那些志愿都作废了！我不禁如释重负！

公社秘书给了我录取通知书，那是一张很简单的、格式化的通知。我问他，这是不是正式通知书。他说是正式的，可以用这个通知去办理户口迁移等手续。到这个时候，我才真正意识到，这消息是真的，我确实要上大学了。很奇怪，那时的心情并非很激动，倒是有点淡淡的惆怅。我意识到我要离开这个地方了，这虽然是一个充满苦难的地方，但也是一个永远难忘的地方。

离开公社时，已是黄昏时分。我走在回村的路上，这是一条石板铺成的小路，路的一边是一条大江，另一边是田野。初冬的田野上，油菜开始长高了。夕阳下的云朵好像特别低，那天的风又大，云朵好像就在头上飘过。

天一会儿下雨，一会儿又晴了，我一会儿把草帽戴在头上，一会儿又把草帽取下来，拿在手上。不料，一阵大风把我刚想戴上去的草帽吹到了江面上。啊！这可怎么办？江岸很高，我不可能爬下去捞我的草帽，附近也没有打捞的杆子，又找不到江上的船只可以求助，我就只好眼看着这顶草帽一点一点地往远处漂去。

我忽然想到，啊！我已经考上大学了！我可能再也用不着这顶草帽了！

看着草帽慢慢地向前漂去，我想，人的命运或许就像这顶草帽一样。草帽对于江水来说是如此渺小，江水要把她推到哪里，她就到哪里，她只能随波逐流。然而，草帽亦有草帽自身的伟大。草帽的伟大在于，无论怎样的波浪，她都能拼命挣扎着不往下沉，正因为她不甘下沉，她总能等到向前的那一天。如果是一团淤泥，老早就沉没在江水里了，哪有往前漂动的机会呢。

我就这样静静地站在岸上，目送着这顶陪伴我渡过那段苦难岁月的草帽，越漂越远，直到消失在血红血红的天边与大江浑然一体的地方。

过年

咱们中国人说的“过年”，指的是过春节。每年的元月一日，我们叫元旦，大家彼此间也互相道贺“新年好”“Happy New Year”，但真正从心里讲的过年，那还是旧历的春节。

每个人的童年记忆里都有过年，每个小孩都喜欢过年，有好东西吃，有新衣裳穿，有压岁钱，有成群成群的孩子一起玩，有客人来，有电影看，有寒假大块大块的空闲日子，更重要的是有各种各样的“活动”。小孩们不是主角，但都感到很新鲜，特别有仪式感，小孩们总是向往着、激动着、兴奋着。这种活动一般都是一年一次，全家人都要参加，所以也是“家庭活动”，是很有益的。比如说“掸陈”，就是全家人从早上开始把屋子的里里外外都打扫一遍，洗涤一遍。这其实是一个相当大的工程，前一晚全家人都要集合起来，明确分工，谁管什么、哪个房间，洗什么，如何协调，都要讲清楚。

在所有活动中，仪式感最强的是“祝福”。在我的家乡浙江绍兴，那是一个非常重要的节目，只有男人可以参加，女士是要回避的。我从小跟着父亲主礼这个活动，感受到的气氛对于那些没有经历过的朋友而言，很多是说不清楚的。鲁迅的小说《祝福》大家都知道，里面有一个“祥林嫂”。虽然大家都知道这是一篇好文章，也翻译成许多种外文，连老外都能读懂，但如果你不是绍兴人，没有经历过“祝福”，那你对其中的感受，是很难真正理解到那个程度的。文化，就是这么奇妙，世世代代传下来，是有其原因和背景的。

传统是传统，而每一代人都有自己过年时的记忆。有同学问我，过年的意义是什么？我想，除了大了一岁之外呢，就是在忙碌的时光里，让我们找回几天清闲一点的日子，提醒我们要注意与家人的沟通，与朋友的沟通，与天地祖先的沟通，从而在面向新的一年时，更加自信，更加自律，更加意气风发。

我的过年，是一个人行走的过年！除了儿时在老家是团团圆圆地与祖母、父母、兄弟姐妹和其他亲友等一大群人一起过，以及后来在父母很老了的时候，总是努力争取赶回老家，陪伴他们一起过年之外，大多数时间我是在世界不同地方过年的。“此心安处是吾乡”，你只要心静，哪里过年都是过年，正如睡在哪里都是睡在夜里一样，与地点关系不大。但是，无论在哪里过年，你都会想到家人，想到故乡。所以，有时想想，人，可能都是有点“贱”，愈是离得远，愈会想念。心里有故乡，那是因为你离开了它，父母也是这样，朋友也是这样。

我记得那是1986年的春节，当时我在美国读书。那时的中国留学生很少，我们附近三所大学（哥伦比亚大学、普林斯顿大学和宾夕法尼亚大学）的中国留学生经常约起来一起活动，活动的地点常常在纽约曼哈顿的唐人街。除夕之夜，大家分别从三个学校赶到纽约唐人街的一个中餐馆。这十二个人中有些互相并不认得，是朋友带过来的，寒暄一阵后，大家围坐在一个大圆桌旁，跃跃欲试。因为肚子有点饿了，又是吃中国菜，大概过去的多少天里都一直在盼望着这个时刻。也不知道是什么原因，他们推荐我来点菜。我答应了之后，几位年长一点的同学就小声“警告”我：“不要点得太贵。”大家都很理解，一群穷学生，能在一年里安排吃一顿好饭，已经不容易了，绝对不能奢侈，不能浪费！这么一来就为我的点菜制造了不小的挑战。在美国，鸡是便宜的，炒饭、炒面是便宜的，不管怎样，我还是不负众望，点了一桌菜，大家吃得很开心。

那天人很多，大家都很高兴，餐馆里服务生忙里忙外，搞得晕头转向。我们桌的那个服务生好像是个福建人，据说是偷渡过来的，年龄跟我们差不多。他见到我们非常亲切，看我们的菜还没上来，就先给我们桌上放了很多辣酱，大家边闲聊边吃辣酱，辣得够呛！店主人是我们一位同学的朋友，笑眯眯地过来打招呼，问长问短，知道我们是留学生，对我们很热情，还说要给我们介绍女朋友。他走到我的座位前，看看菜单，还给我们加了一个菜，我已经忘了是什么菜了，反正好吃得不得了！

那天大家都很激动，想念家乡呐！有人讲他们老家好吃的东西，讲着讲着就流泪了，然后桌上的每个人都受到了感染。那个时候没有手机，不能给家人打电话，只有在心里想念想念，很苦！那顿饭吃了大概三个小时，一位同学去买单，我还记得他从柜台跑回来的样子，激动地对我们说："老板给我们免单了！不用付钱了！"我们都惊愕得说不出话来，怎么会有这么好的事！连忙去找那位店主人，千谢万谢！店主人笑眯眯地，手一挥说："小菜一碟，以后多来！"还拍拍我的肩说，"你很节俭！是个好人！"

随后，当我们重新坐在桌边聊天时，大伙都笑着"骂我”：“你如果把这桌菜点得高档一点，那该有多好！”可是，我哪里知道会有人给我们免单啊！不过那都是说笑罢了，人都是贪心的！大家虽说不用买单了，但决定小费要多付一点，最后每人出了五美元，给那位侍者。

侍者高兴极了！连忙招呼我们再坐坐，聊聊天。茶又上来了，我们就一直这样聊到很晚，饭馆里只剩下我们这桌和另外坐在角落里的两个人。大家都舍不得走，临近新年时分，窗外有人开始放炮仗了！同学们开始唱起家乡的歌，有同学把桌子上的塑料花献给女同学，很浪漫。那时候我们很穷，但又很浪漫。又过了一个小时，角落里的两个人也走了。

那位侍者疯了似的跑过来，忍不住告诉我们，那两个人留下了五百美元的小费！侍者讲，他们也许是华尔街的人，今年的股票赚了，也许是因为过年。他讲着讲着，眼泪就流下来了，他说从来没有见过这么多钱！这么多钱在他家乡可以盖一幢房子了！讲着讲着，他拿起店里的电话，用手中的电话卡，打电话给他老家的亲人。大家听着他讲的每一句话，所有人都被感染了！我那时心里想，如果有一天我有钱了，我一定也要付一次大的小费给侍者！

出了店门，大家就分别走了。外面是一片皑皑白雪，寒风吹来，耳朵像有刀片在刮一般。我赶着去坐午夜的地铁，在漫天风雪里行走，突然想到在地球的另一边，我的家人正在团聚贺岁，而我却孤独地在冰天雪地里行走。看看天，天地好像差不多，都是白茫茫的旷野！我想，当上帝给你这冰天雪地的旷野时，也许是要你成为一只在雪地里能够高飞的大雁！

每个人都有自己的人生，有自己的命运，有自己的“过年”。当我们回顾时，我们要记住在黑暗里给我们光明的人，在冰雪里给我们温暖的人，是这些人构成了生命中一点一滴的温暖，是这些温暖使你远离厄运，是这些温暖使你成为一个善良的人。

买旧车

我在美国费城念博士的时候，住在西费城区，这在当时是个不大安全的地区，离校园也有些距离。中国留学生一般比较穷，没有太多选择。从家到学校要走半小时左右，加之我又喜欢晚上在实验室工作，回去太晚路上有点不安全，于是我就买了一辆自行车，以车代步，要快得多。只是还不到一周，自行车就不见了，我找了半天也找不到。同学说，在这里自行车被偷是常事。我心想，原来美国也有小偷！而且都是一个德性，专偷穷人的东西！不过，如果他们知道要去偷富人的东西的话，大概也不至于去做小偷了。无奈，我只好又去买了一辆旧的自行车，过了一周又被偷了。连续买了三辆，连续被偷了三辆……

那是一个雪天的傍晚，人行道上空荡荡的，没有什么行人。雪不是很大，但风刮得冷飕飕的，我用大衣裹着脑袋，沿路寻找我刚买的那辆自行车。这辆车其实挺新的，花了我50美元，走了十多个街口也一无所获，看来是没希望了。这时一辆汽车在我身旁停下，车窗摇下来，是一位台湾的同学，旁边坐着他的女朋友。那时候从大陆来的同学很少，碰到能说普通话的人，就像遇到家乡人一样亲切。他们笑着跟我打招呼："怎么？你的自行车又被偷了？"虽然他们意在调侃，但这个"又"字还是让我有些不舒服。他们邀请我上车送我回住所，我拒绝了。我说："你们还是去忙吧，我还要找一找。"于是我又在寒风中痴痴地站了很久，突然灵光一闪，也许我也应该买一辆汽车！这年头没有车可是过不去的。

决定要买车，我有些兴奋，这可是我人生中第一辆车啊！虽然当时的我既没有驾照，口袋里的钱也不多，不过第二天，我的小幸运就来了！校园的广告牌上贴了一张广告，出售旧车，要价出奇地便宜，只要500美元，是一辆开了十一年的雪佛兰（Chevrolet）。我连忙约了一位懂车的朋友一起去看车，发现这辆枣红色的车保养得很不错，车主也是一位外国学生，准备离开费城，想要尽快出手。我觉得车主很厚道，车价也实在很便宜，是我可以接受的，于是五分钟不到我就决定买下来了。

我很兴奋，在朋友的帮助下，很快就在这辆旧车里学会了开车，拿到了驾照。有了车生活方便了很多，那时中国留学生都喜欢自己做饭，开车去远一点的地方购买蔬菜、水果很方便。我不仅自己经常去，还帮助其他留学生去买东西。也有不少中国留学生在我这辆旧车里学会了开车，取得了驾照。我自己懂一点机械传动装置，也经常敲敲打打这辆旧车。我觉得这车很像一位老人，你说他没病吧，他身体的每个元件又都老损了，所以我常常提醒自己要抽时间去一趟修车行，整体维修一下这辆车。

这样又过了一个月左右，有一天周末，我开车去城北的中国餐馆吃饭。回家的路上，要经过一个几百米长的下坡。那晚天阴沉沉地下着雪，路上有积雪，一到坡上，车就开始往下滑。我无论如何踩刹车都没有用，车子失去了控制，一路向下滑去，好在车速不快，坡度也不陡，路上的车也不是很多……车子滑行的过程中逐渐加速，这样下去不可避免要出车祸了。那一刻我的头脑异常清醒，立即告诉自己要找到一个可以撞的东西让车子停下来。滑行了两分钟左右，我看到路边有一棵小树，我想这是一个好的“牺牲品”，就毫不犹豫地撞了上去。果然，撞得不重，车停了下来，损坏不大。

车被拖到附近的修车行，我步行回了家。第二天早晨我去修车行，接待我的是一位跟我年纪相仿的美国青年。他一

看我就知道是这个大学的学生，也不问什么，就对着车行里的其他人大声地说："你们瞧啊，这个日本来的学生在这里开的是美国车，因为他知道美国车比日本车好。所以我跟你们说，那些说日本车有多好多好的人都是傻帽！"显然，这位修车师傅十分忠于美国货。在那个年代，美国车被日本车打得惨败，所以他对日本车很有意见。只不过，第一我不是日本人，第二买这辆车也不是因为美国车好，而是因为它便宜……当然在那种场合下，我还是什么都不说为好，当务之急是让他把我的车修好。

我让他把车整体检修一遍，看看需要换什么零件。他花了一个多小时，然后拿着一张纸走到我面前说："你这辆车实在太旧了，这张单子上都是需要更换的零件。”我一看，单子上列了十几种。我面有难色对他说：“朋友，我现在没有那么多钱。如果只能换一个零件的话，你告诉我应该换哪个比较好？”他盯着我看了一会儿，然后慢腾腾地说：“那就把刹车换了。”

我想，他说的也许没错。

就这样，我先把刹车换成了新的，至少保证了我这辆车在该停的时候能够停得下来。

换了刹车之后，我感觉安全多了。我开始真正享受有车的乐趣，一有空就开着它到附近的地方去兜兜风。周末的时候开车去美术馆逛一逛，一个人在草地上晒晒太阳，发发呆，不用担心路远，也不用担心时间，感觉有车简直太棒了！我开始有点像个“玄学家”一样地来看待自己的人生了。你瞧，我的任何一个“小晦气”总能带来一个“小幸运”。自行车被偷了，但因此买了一辆便宜的汽车，这不是“小幸运”吗？车突然失去控制撞了树，但因此换了一个可靠的刹车，这不是“小幸运”吗？

现在想来，我人生中的第一辆车带给我最大的启示是什么呢？它告诉了我，刹车是一辆车最重要的零件！我原来可不是这么想的，我之前一直以为对车而言，发动机是最重要的。

其实，开得快，远远没有停得下来重要！

人生，又何尝不是如此。

“知止”是人生中的大智慧。古人常讲：“知足不辱，知止不殆”，“知止而后有定”。我的理解是，一个人要清楚地知道自己所处的位置，该停的时候一定要停下来，不能有任何犹豫和迟疑。做人做事都是如此，连说话也是如此。我小的时候，父亲常常说：“祸从口出。”在那个年代，这话当然没错。在现在这个社会上，“会说话”也是非常重要的，只不过很少人会因为“会说话”而成功，原因是“会说话”的人往往总是“停不下来”。

“知止”不仅是一种智慧，也是一种人生境界，需要极强的自我约束力和发自内心的责任感。人的一生，总会遇到许多的欲望和诱惑，过分追求就会带来灾难，这在我们周边的人和事中是经常遇到的。懂得适可而止，就能避免可能的危险与灾难。

写这篇文章的时候，我正在呼伦贝尔大草原旅行。我的司机是一位四十来岁的蒙古汉子，他很健谈，也知道很多，我经常与他聊天。有一次我问他：“你们这里的人喝酒都很厉害吧？”他说：“都还行。”不过，他补充道：“我们一般不喝酒，一喝酒就停不下来。不像你们，喝到一定的时候会停下，我们是停不下来的，一定要喝到醉倒不可……”我心想，这可是要注意的，如果做一件事你觉得无法控制、很难停下来的话，你得先想清楚是不是要开始。

知止是很难的。之前有位很优秀的学生，进校的时候是那个省高考成绩前100名的尖子生，入校后也表现不错，第一学期的GPA还是3.5的水平，自第二学期开始他的成绩就直线下降。我请他到我的办公室来，我说：“你在玩游戏吧？”他承认了，态度很好。半年过去了，他的成绩依然是全校最低的几个之一。我又请他来办公室，他表示要痛改前非，但临走到办公室门口的时候，他又转回来和我说：“校长，我能否一周玩一次，一次不超过十分钟？”我斩钉截铁地拒绝了他，他接受了。我目送着他离开，心想这孩子是停不下来了……果然，半年之后，他对游戏的沉迷依然没有改变……

“知止”二字，我在很小的时候就从许多有关中国文化的书籍中看到了，随着岁月的推移，愈来愈感到它的重要。万事要顺其自然，行于所当行，止于所当止，不动如山。知止常止，终身不耻。弘一法师曾说：“人生最不幸处，是偶一失言，而祸不及；偶一失谋，而事幸成；偶一恣行，而获小利。

后乃视为故常，而恬不为意。则莫大之患，由此生矣。”你看，偶然计划不周，事竟然成功了，偶然恣意行事，居然得到了小利，于是后来习以为常，处之泰然，那么离巨大的灾祸就不远了！

伟大与“止”的可控度成正比，一辆车是如此，一个人是如此，一个民族也是如此。

感恩节谈感恩

今天是感恩节，我写了两个巨大的字，“感谢”。昨天晚上让同事把它挂在我们食堂的门口，每个路过的同学和老师估计都会看到。为什么要写这两个字呢？我们要感谢谁呢？感谢他们什么呢？

是的，我就是想提醒各位，在你每天忙碌的生活中，也许已忘记了你最应该感谢的人！古人讲“忘足，履之适也”，忘记了自己的脚，那是因为我们的鞋子正好合适。如果鞋子稍大一点，稍小一点，或者鞋子里面有一颗小石子，你会感到很不舒服，怎么会忘记呢？我们忘记了父母，那是因为父母都健全，生活能够自理；我们忘记了孩子，那是因为孩子懂事，没有给你带来烦恼，所以我们常常忘记了身边的那些最应该感恩的人。

感恩，对一个人的人生为什么那么重要呢？首先，感恩是一种“乐源”。前几天，我遇到一位哲学家，我问他一个问题：“人，为什么会不快乐？”他没有直接回答，而是反问我：“你说呢？”我说：“我的理解是，这可能与财富、地位等许多大多数人都在追求的东西无关。因为你没有财富，不快乐，有了财富，你照样不快乐，其他东西好像也是一样。我观察到的是，一个人是否快乐与其人际关系好不好有关。当一个人与身边的人关系不好，老是有矛盾的时候，他可能就会不快乐。我们的同学常常向我抱怨与父母、老师或者同宿舍的室友相处不来，心里不高兴……”哲学家问我：“那人为什么会与身边的人搞不好关系呢？”我答不出来。他告诉我：“根据罗素的说法，可能是因为人的兴致在那个时候比较低（not in a good mood）。”我顿时有点领悟，你看，当一个人的“胃口”不好时，一桌很好的饭菜都会觉得不好吃。当一个人的兴致不好，心里没有感恩时，他是不会欣赏周边的人和事物的，这样的话，人际关系也一定不会好到哪里，因为他的心里烦着呐！

这就是为什么我们应该常有一颗感恩的心，因为那是我们生活的乐源。有了这个乐源，我们才有动力去欣赏、去爱、去奋斗。

另外，感恩是一种“氛围”。感恩，并不是要你去做什么，而是时时处处、点点滴滴积累起来的一种氛围。从前我初到匹兹堡工作的时候，租住在一户人家家里。我租的房间在二楼，楼下住着房东。当我第一天搬到那个房间时，我看到房间的窗台上摆着一盆花。我对女主人说："谢谢您，有心了，还专门买了一盆花放在这里。"女主人说："对不起，这盆花不是我买的，是之前的那位住客买的。"原来之前的住客有个习惯，不论到哪里，离开的时候总会买一盆花放在房间里，让新来的人感到温暖。我觉得这是一种很好的感恩的氛围。后来过了几天，女主人生病了，我就借花献佛，把这盆花送到了女主人的房间，希望她早日康复。后面女主人和我的关系始终很好，一直保持着联系。每年感恩节，她都会送我一个榛果蛋糕，直到她去世……现在，每到感恩节，我还是会想起她，想到她的蛋糕。

感恩，就在我们日常生活的点点滴滴之中，在每一件小事中。一点小小的温暖，积累得多了，就会变成一个小的太阳，可以温暖自己，也可以照亮别人。

我想要说的第三点，也是更重要的一点，那就是感恩其实是一种"爱"。我常常想，爱是什么？爱其实是人类一切行动和生活的原动力。可是，爱又是怎么来的？在我看来，爱从本质上来说就是一种感恩。如果一个人心中有爱的话，他是不会干什么坏事的。从前在美国的时候，有一次深夜我和我的导师路过一个治安不是很好的街区，我当时心里很紧张。但我的导师对我说，不用害怕，你看前面走来的那两个人是在谈恋爱的，他们是不会伤害你的。心中有爱的人是不会伤害别人的。这一点非常重要，我们在校园中营造感恩的氛围，营造艺术的氛围，就是希望同学们能够学会爱，热爱美，成为一个内心丰富而柔软的人。一个对艺术、大自然和美都抱有热爱、心怀感恩的人，一般情况下，是不会做出什么有害或者极端的事情来的。

感恩是如此重要，正因如此，我希望在我们的校园中能够有这样一种感恩的氛围和文化，可以让我们的同学和老师们都怀有一颗感恩的心，去发现、欣赏和赞美身边所遇到的人和事，去感恩平凡的生活，感恩每一位勤劳工作的人，感恩今天的时代，感恩现代科学的进步，感恩我们的国家，感恩一切的一切……

感恩不是为了别人，而是为了我们自己，为了我们共同生活的社会，为了我们自己的成长。

玻璃窗外的幸福

那是一个寒冷的冬天，我在意大利北部城市米兰访问。已是临近圣诞节了，路上有很多积雪，天上还飘着小雪花，好像每吸一口空气里面都有雪花一样。天已经暗下来了，我匆匆坐车去与一位久未见面的朋友吃晚饭。饭馆是他订的，就我俩，所以我就按着他给的地址找过去。

花了不到半个小时，我就来到了那家饭馆附近。我很庆幸，因为我对米兰一点都不熟悉，想不到这么容易就找到了那个地图上看上去蛮难找的地方。我那位朋友在电话上同我讲，让我在路口等他，因为从那里去饭馆是很难走的，他会带我一起过去。

我们约的是六点半，但等了半个小时后，这老兄仍未到。我想大概是路上有雪难开车，耐着性子等吧。那时没有手机，很不方便。去电话亭打电话也不是很合适，一来我身上没有当地的硬币，二来我只有他家里的电话，想必他此时已经在路上了，也接不到我的电话。于是，我只好这么等着，一等居然都快八点钟了……我就这样像傻瓜一样低着头，缩着脖子，两手抱着身体，在街头的雪地上来回走着。

走着走着，我忽然看到路口有家餐馆，巨大的玻璃窗对着街口，能清楚地看到里面用餐的人们。我的脚步开始放慢，仔细看了看里面热闹的样子。看他们喝的汤，热气腾腾的，好像能闻到汤的香味，站在窗外，仿佛能听到他们喝汤时稀里呼噜的声音。满桌子的佳肴，有各种肉食、面食，各种颜色的汤，丰盛极了。每个人手上都举着杯子，嘴上不停吃着，脸上洋溢着无比的欢乐和喜庆……

看着看着，我发现自己有点像“卖火柴的小女孩”，又冷又饿，心里真是羡慕玻璃窗里面的人，忍不住在心里埋怨那个朋友怎么到现在还不来……这样，又等了一会儿，实在忍不住了，我猛然推开那个餐馆的玻璃门，心想不等他了，今晚我就一个人在这里吃了。

进门后，侍者把我带到角落里的一张小桌子前开始点菜。我点了那道我在窗外看了很久的汤，然后又点了些别的，点了特别多，因为实在有点饿了。当我开始喝汤时，我有意无意地朝窗外望了望，看看有没有人也像我刚才那样在看着我吃。天哪，还真有人在看我。看着路人一批批走过，他们的脸色苍白，目光里流露出羡慕之情，我有点得意起来……

然而，那家餐馆的汤其实很一般，其他菜也很一般，远比我想象的要差。吃着吃着，随着肚子一点点饱起来，我的幸福感也开始逐渐消退。我开始觉得我可能不应该点这么多东西，今晚肯定吃不完了。人们总说“喜时不应诺，饥时不购物”，似乎是有道理的。因为有喜事的时候，人们容易答应别人的请求，而人在饥饿时，尤其容易购买过量之物。

我记得还没喝完汤，我的幸福感就已经退去大半，远远没有在玻璃窗外看人家吃东西时的那种感觉了。我突然觉得这很奇妙！原来，人在得到一件东西、享受这件东西的时候，远远没有在得到之前，向往着、想象着那件东西时来得幸福。

不是吗？我忽然想到，我儿子小的时候特别喜欢火车，电视里一看到火车来了，就大叫起来，手舞足蹈，嘴里模仿着火车的节奏声。后来到了香港，我第一天就带他去了火车站，我说：“今天要让你坐一次真正的火车。”

远远看到火车到站，儿子激动地挥舞双手，高兴得不得了。火车终于进站了，我带着他上了火车，进到车厢里找到位子坐下来。他左看右看，望着车里木然的乘客没说什么话，初时的激动早已不见了。我问：“Is this exciting?（这很好玩吧？）”他不回答。过了不久，他说想回去了，回到火车站里去看火车。原来，看火车远比坐火车来得过瘾！

相似的事情还发生在我一位深圳的朋友身上。他是一个白手起家的潮汕人，他的梦想是有钱之后一定要买一辆法拉利，红色的，夜深人静的时候飙一下车一定很是过瘾。然而当他真的有钱了，买了一辆红色的法拉利，自己开了一两次后，发现没有他想象的那么好，根本激动不起来。于是，有一天晚上，他让他的朋友开着他的法拉利，自己坐在一辆的士上，并行开着，在旁边看着自己的法拉利，他说这比他自己开车要过瘾得多。

人的幸福是在旁观中产生的，当真的实现之后，置身其

中，幸福感会慢慢地退去。我有位学生，之前有次在香港的街上碰到，脸上喜气洋洋，很忙碌的样子。我问她在忙什么，她说她要结婚了，忙着筹办婚礼，邀请宾客，安排活动，添置家具，等等，兴奋地同我讲了半天。还不到半年，有一次在校园里偶遇她，看上去好像完全变了一个人。我问她发生了什么，她说没什么事。我说结婚怎么样，她说结婚不就是那个样子！看来，婚后两人要面对的柴米油盐的生活，远远没有婚前想象的那么浪漫。

一位我认识了很久的同事，因为在同一个大学任教，经常能见到他。有一天我突然发现他穿得衣冠楚楚，不似平日穿短裤拖鞋那种不修边幅的样子。我问他："你今天怎么了？"他悄悄同我说："有好事了，系里正考虑提升我做教授！"想来他做副教授已经做了十几年了，现在能提教授，着实为他高兴。殊不知，还没一两个月，我在校园里再见到他时，他又恢复到原来短裤拖鞋的样子。我问："你教授没评上？"他说："评上了，还不是那回事！"荣誉也好，财富也好，地位也好，想象着、追求着远比真正得到时要来得兴奋激动！

我曾看过一份资料，好像还是国际上的统计数据，是关于"什么时候是人一生中最幸福的时光"。统计结果是：在上大学前，高中最后的那两年是人生中最幸福的时光。当我看到这条消息时觉得甚为不解，这段时间可是人生最忙最辛苦的时光啊！

看来，人的幸福与忙不忙、辛苦不辛苦没太多关系，与有没有钱、有没有地位也没什么关系。人的幸福与你前面有没有那盏希望的灯有关，玻璃窗外那道追求着的、向往中的、希望的光，是我们幸福的源泉。所以我突然感到“幸福”其实并不是用来实现的目标，而是用来挂在你前面的灯，一晃一晃地照着你的路，使你有信心、有勇气在黑夜里慢慢前行。

然而，这盏灯对人生至关重要，正是这盏灯才能产生巨大的能量，是你向前迈进的原始动力。所以这盏灯要亮在高处，点在远处，不要你跨几步就把它超越了。人生能走多远，完全依据这盏灯而定。有人定得很低，“我这一生能赚一百万就行了”，那当你真的赚了一百万后要去干什么呢？古人讲的“立志宜高远”就是这个道理。

另一方面讲，追求着的、奋斗着的，才是幸福的。无论上大学也好，晋升也好，家庭也好，子女也好，最美好的就是在追求和奋斗期间，在尚未实现的时候，这正是古人讲的“虚”的状态，或者是“无”的状态。这个状态是人最充实、最有生机、最有希望的状态。所以，人要每时每刻提醒自己保持这种状态，不断地清空自己，不断地给自己设定新的人生目标，只有这样才能不断地振奋精神，向前进步。

这就是我在那个寒冷的冬夜，在米兰的一间小饭馆的角落里一个人吃饭时所想到的。后来，那天晚上风雪加大，等我好不容易回到住处都已经快要午夜了。我打电话给那位朋友问他为何没到，你猜是什么原因？原来他记错了日子，以为是第二天！我听后都快气晕了：“你怎么这么糊涂呢？”他再三抱歉，然后告诉我说他这几天做事总是心不在焉，因为他在郊外的别墅快完工了，从设计到施工，这可是他五年的心血啊！我在电话这头嘴上向他道贺，心里却想着：“这房子可能又是一个玻璃窗外的幸福！”

我们都是凡人，人的一生就是这样，匆匆忙忙走到一扇玻璃窗前，怀着憧憬的心情急急打开玻璃门进入那个神秘的地方，然后再急匆匆地、兴奋地奔向另一道玻璃门……这样不停地奔走着，以至于我们常常忘记了在走向玻璃门途中的风景，而恰恰是这些途中的风景，构成了我们人生的精彩与美丽。

是的，真正的美丽不是玻璃窗内的幸福，而是走向玻璃窗途中的那些风景，无论是沙漠，抑或是江河。

盲人厨师

那天早上天气特别冷，是个阴沉沉的细雨天，不久又开始下起了小雪，寒风夹杂着细雪刮在脸上有点痛。我一大早就赶路去别的村子，虽然属于同一个公社，但那个村子离我们村特别远，走路也得两三个小时。因为那个村有人家办喜事，需要找人帮他们写对联，还有一些红条、喜封之类的东西，公社干部让我一定要去帮这个忙。我下乡已经快一年了，这样的事已经做过不少次，但到外村去帮忙还是第一次。乡下人家办喜事通常要请一些人帮忙干活，有做厨师烧菜的，有写对联做装饰的，也有演戏张罗热闹的，一般是包吃包住，走时还会给一个小小的红包。

这次要去的那户人家我是不认识的，好不容易找到了那个地方，我全身上下几乎都湿透了。也许是雨，也许是雪，也可能是汗，风一刮，身体就不由自主地发起抖来。我一走到他们家，还没找到主人，就往厨房跑，想喝点白开水。等我钻进厨房，站住脚一看，奇了！站在我面前的是个盲人。他脸上的皱纹很深很深，就像那一幅很出名的油画《父亲》里的那个人物，眼睛很细，里面是可怕的灰白色的眼珠，让我都不敢再多看他一眼。他手上拿着菜刀，身上系着围裙，看样子是做菜的没错。我与他相对了一会儿，只好开口问："你是这里的厨师吗？""是。""我想喝口热水，或者麻烦帮我看一下，有没有什么热的东西，我肚子真的饿坏了！"他说："热水有的，吃的东西可是没有。"他给我一杯热水，我连声道谢。喝了水，肚子还在咕咕地叫，但还是好受多了，我就往里屋走去了。

与主人家打了招呼后，我就立马开始裁纸磨墨，做写字的准备工作。里屋很黑，我只好打开电灯。一会儿暖和了一些，身上的湿衣裳开始干了。大概过了半个钟头，我忽然发现，从里屋的窗上能看到外边厨房里来了一个小姑娘，十三四岁的模样，扎着两个小辫子，穿着蓝色的碎花衣服，肩上扛着一大捆洗好的蔬菜交给厨师，她在叫他"爹爹"……哎，那是他女儿啊，他说："肚子饿了吧，柜里那碗年糕是好吃的。"……我心里不禁有点妒忌，你刚才不是说什么吃的东西都没有吗？现在怎么就有了？但我转念一想，我当然不能与她比，人家是自己的女儿，要是我奶奶在厨房里，不用我说，她也会给我吃的。想着想着，我开始怀念在家的日子，觉得一个人在外边又凄凉又孤独……

不一会儿，我的对联已经写得差不多了，也到了午饭时间。大家都在门口的过道上吃饭，那里已经摆了很多张桌子，密密麻麻的。晚上才是正式的宴席，中午只是招待一些亲友和帮忙的人。我被安排在最里面的一桌，与盲人厨师和他女儿在同一桌上。菜还没有全端上来，大伙儿就开动了，我也实在肚子饿得慌，就不客气地开始吃起来。以前乡下办酒席是要凑一个数的，一般是“十碗”，那时候穷，大多都是素菜，但总会有一碗是有肉的。整个过道黑乎乎的，我都看不清哪碗是有肉的，但心里还是想找那碗有肉的菜。仔细一瞧，我发现那碗肉菜就在厨师面前，说是肉菜，其实下面全是萝卜，只有上面有一两块肥肉。我忍不住站起来，把手伸得长长的，去夹那块肉，但还没等我夹到，那位厨师已经把那碗里仅有的两块肉全部都夹到了他女儿的碗里！我一看，心里气得不知道要说什么好。我高高举着筷子的手僵在空中，只好慢慢放了下来……我愤懑不已，心想，这个厨师太可恶了吧！太自私了吧！他把仅有的两块肉都给他女儿吃了，别人就不吃了？这位厨师也很神，他的眼睛不是瞎的吗？怎么肉放在哪里倒是很清楚，把肉夹到他女儿碗里倒是一点儿也不会错！不过，转念想想，他们父女两人，一老一小，还有一个是盲的，也挺可怜，我心里的气也就一点点消下去了！何况，那是父爱吧！当有一天我做父亲的时候，不知道会不会也是这样子呢？

那天下午，我忙着帮他们把对联都写好、贴好。到了晚上，正式的喜宴就开桌了。客人熙来攘往，把他们家附近挤得水泄不通，我们就在一旁看热闹。好不容易吃完晚饭，我们帮忙简单收拾了一下后就告辞了。主人家很客气，找了一条船送我们回家，盲人厨师和他的女儿也在船上，他们家应该比我们村更远一点，一船走的还有几个同来贺喜的人。

天又下起雪来了，船上虽说有篷，但比屋里要冷得多。我们几个挤在篷里，船上还生了一个煤球炉，大家不时地烤烤手，取一点暖。大概是有点受凉的缘故，我开始咳嗽了，也找不来水喝。船外愈来愈黑，黑得什么也看不见，我想今天要是我来撑船的话，我都不知道会把人家摆到哪里去。船外的风越来越大，把船里炉子上的火苗吹得一颤一颤。我很怕它会被风吹灭，于是取来一块木板，想挡一挡，不料却滑了一跤，还好倒在了船里。起身后，我想我还是老老实实地坐在炉旁边吧！……天愈来愈冷，我咳嗽得更厉害了！那位

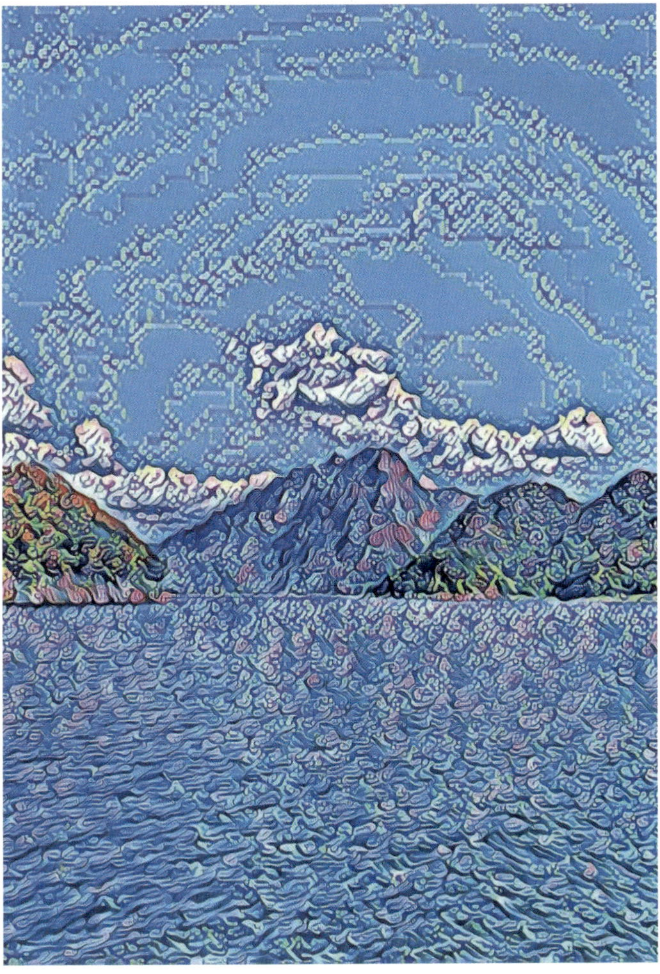

盲人厨师悄悄与他女儿换了一下位置，我开始没留意，后来发觉，他大概是怕我把咳嗽传染给他女儿吧。他在我旁边坐着，紧紧靠着我，用他自己的身子挡住我的咳嗽。哎呀！我突然感到特别内疚，我给人家带来麻烦了！但咳嗽这玩意儿总是这样，你越不想咳，就咳得越发厉害，真是要命！

还好，没多久我就到村了。上岸时，我与盲人厨师父女打了个招呼，炉旁昏暗的光线下，我看到他们在微笑着向我道别。这个微笑，不知道是不是因为他们终于摆脱了我的咳嗽。

回到宿舍，我烧了一大盆热水，洗了脸，洗了脚，感觉好了很多。我边洗边想着这对父女，哎，这大概就是父爱吧！我开始原谅他们了，我开始相信，父爱或者母爱大概都是这样的，那是多么无私，无私得连一丁点自己都没有！但同时，那又是多么自私，自私得没有一丁点别人！

我一直是这么认为的，直到很多年之后。那时我已经在美国工作了，遇到了一位教授，他也有儿女，也有前面所讲的那种爱。闲聊了几次后，我发觉他的爱，还有另外一个维度，那就是有很强的同理心（empathy）。他总是先去了解别人的心，年轻人的心也许与年纪大的人不一样，公司雇员和顾客的心，也许与老板想的不一样。他特别重视去了解与自己不一样的那些人的心，总是能站在别人的角度想问题。比如，他班上某位同学成绩不太理想，而且对他也不太尊重，但他却和我说，站在这位同学的立场上来看，在这样的处境之下能这么做，已经是很不容易的了。这位教授实际上比我还要小一岁，他能这么看，我觉得很了不起。我后来逐渐相信，这种同理心本身也是爱的一部分，这对于我们每个人在社会上甚至家庭中是一种多么难得的品质。

我忽然想到了《悲惨世界》里的一个故事。主教留宿了出狱之后无处可去的流浪汉冉·阿让，可这位老兄却在半夜里自个儿跑掉了，还偷走了主教家里的一套银器。后来，他被巡夜的警察发现了，被扭送到了主教家中，主教却对警察说：“这是我送给这位朋友的。”我想，主教之所以原谅这位流浪汉，是因为他的同理心，是因为他的慈悲，这本身也是一种爱。

人生的路很长，我们会碰到各种各样的人，形形色色的人会有形形色色的爱。每个人的爱都不一样，正像每个人的脸都是不一样的，我们不能要求人家的爱一定是怎么样的，我们做不到。我们能做到的，只是去发觉爱，理解爱，欣赏爱，并且尽可能地去给予爱。

夏天的晒谷场

那是一个十分闷热的夏天，我在一个郊外的粮库做短工。粮库四周有好几块巨大的水泥铺起的晒谷场，工作很简单，从农民那里收购稻谷，有的干，有的湿，需要把那些湿的稻谷重新晒一下，晒干后才能放在仓库里，以待较长时间的贮存。我们的工钱按每天晒干的稻谷重量计算，多劳多得。

我那年高中刚刚毕业，一同打工的还有五人，年龄也都差不多，只有一个女的。大家互不认识，因为是集体工作，收入是平均分的，所以每个人都很自觉，努力苦干，争取多赚点钱。管我们的是一位老人，脚一拐一拐地走，好像有点不方便，手上总是拿一支烟，我们叫他 D 叔。据说 D 叔以前是当领导的，这个时候刚刚被解放，对我们很友善。那位女同事比较瘦小，好像还有“香港脚”，谁也不愿与她一起挑担。这时 D 叔就过来了，让我们多照顾她一点。其实我们也是照顾她的，只是嘴上总要骂她，骂她力气小。她时不时要哭，这样大家更要骂她。

晒谷的工作并不复杂，大家把稻谷从仓库搬出来，放在仓库前边的晒谷场上。太阳很好，待了一会儿，D叔让大家用耙子翻扒稻谷。等到稻谷下面的水泥地都干了，D叔说稻谷差不多干了，我们就把稻谷扫成一大堆，再装进箩筐，担回另一个粮仓。进粮仓前D叔会称一下晒干的稻谷，在本子上记下数量，就算完成了工作。接着再去把另一部分的稻谷搬出来，做同样的作业。仓库里有很多稻谷，我们可以每天这样一直晒下去，晒多少谷，就赚多少钱，大伙儿干劲很大。

第一天上班，好不容易把稻谷搬到晒谷场，刚一摊开，天上的太阳不知什么原因，一下子就躲进云里去了，天慢慢地阴沉起来，我们几个人都望着天空，希望太阳出来。这是我平生第一次感到老天居然那么重要，我们的生活居然是那么依靠老天。

还不到五分钟，天居然开始下起雨来了！D叔大声地叫我们赶紧把稻谷收起来，否则稻谷不仅没有晒干，反而会愈来愈湿！我们急急忙忙把稻谷扒成堆，但雨已经下起来了，稻谷还是淋湿了。我们赶紧把稻谷装进箩筐，再一筐筐挑回原来的粮库。

快到中午的时候雨才停。一会儿，太阳又出来了，继而阳光普照，大家的心情由阴转晴。尽管嘴上仍不住地骂老天爷，行动上却都是抓紧时间，再一次把稻谷搬到谷场，摊开来晒。晒毕，大家已经筋疲力尽，D叔过来张罗大家去食堂吃中饭。

还没等我们扒两口饭，这个鬼天又下雨了。我们连忙停下来，想赶去抢收稻谷。刚走到谷场，一看已经来不及了，这回的雨特别大，谷场上的稻谷就像泡汤一样，已经浮在水面上了，根本来不及收了！

我们都吓呆了！D叔走过来，慢慢地说："你们都回去把饭吃完，已经来不及了，不管它，等一会儿吧。"我们只好回食堂吃饭。吃完饭，过了一阵子，雨才停下来。我们几个像没有魂的游鬼，在屋檐下，浑身都是湿漉漉的，坐立不安，一会儿看看晒谷场，一会儿看看天，不知如何是好。

又过了一个小时的光景，水下去了，稻谷露出来了。但大多数稻谷比我们搬出来时要湿得多。我心里很郁闷："我们怎么这么不行，这稻谷在我们手上，怎么越晒越湿了呢？"

就这样，我们来来回回地把稻谷搬进搬出，那一天我们最后只晒干了很少的稻谷。最后D叔来称了一下，告诉我们一个数目，叫我们到会计房领现金。大家分摊着那天的收获，我清楚地记得那天我得到的工钱是一毛六分钱。我拖着疲惫的身子、沉重的脚步，一步一步走回家，心里想着："老天啊，你是要让我记得，我曾为一毛六分钱拼过命。"

之后几天，大概都是如此，有时天气比较好，太阳很大，又不下雨，我们可以晒几回稻谷。虽然搬进搬出很累，但因为能多赚一点钱，心里还是很高兴的。但是夏天的天气，有人说像姑娘的脸，说变就变。那种变天的时候我们就倒霉了。有时不知道来回搬过多少回稻谷还晒不干。只要晒不干一颗稻谷，我们就别想拿到一分钱。

这样干了大概一两个星期后，D 叔和我们熟络起来。他一边讲话一边给我们称稻谷，我们有时在旁边看着他给我们记的重量，算算自己今天大概能赚多少钱。然而，几次下来，我们几个都发现，D 叔好像给会计室报的数目比他记录的数目要多，也就是说我们常常比自己算的要多拿到一点钱。

这是怎么一回事呢？我们背后议论起来，当然不敢和 D 叔讲。这样又过了一个星期左右。有一天，D 叔生病了，来接替他的是个年轻人，趾高气扬的神态，对我们爱理不理，整天抱着一台小收音机听歌。他的头发很黑很亮，往后梳成那种大背头。于是我们在背后就叫他"奶油头"。我们从一开始就没那么喜欢"奶油头"。后来，我们中间不知是谁有机会看了他记录的那些晒谷的数目，这些数目比D叔平常报的数目要少一些。当然，我们也不好说，只是心里恨他，希望他早点走。

后来也不知道什么原因，我们那位“香港脚”与“奶油头”偷偷说了D叔的事。意思是说D叔人好，他向会计多报一些数目，让我们收入稍微高一些。

这一下可闯了大祸。那天中午，“奶油头”与我们每个人核实这个情况是否是真的。我们当然什么也不说，都说不知情，那位“香港脚”躲在粮仓的角落里哭个不停。

那天放工回家，我们都很沮丧，一边骂“香港脚”，一边骂“奶油头”，希望“奶油头”良心好一点，不要上报，希望好心的D叔不要出事。D叔有历史问题，不能让他再出事了，否则会送掉他的命。

然而，事情的发展很是不妙，“奶油头”已经向上级报告了D叔的事。周一早上，D叔回来了，“奶油头”带着一位领导来到我们晒谷场。我们心惊胆战，蹲在谷场角落里。“奶油头”把“香港脚”叫过去，对领导说，是这位年轻人检举揭发了D叔，说D叔常常把稻谷的数目夸大报给会计室。

那位领导我们从来没有见过，手里拿着一支烟，看着天，慢慢地踱步，瞟了我们一眼，慢慢地转向“奶油头”，说：

“是谁说过这晒谷的斤两是应该按晒干后的稻谷算，还是应该按晒干前的稻谷算？湿的稻谷斤两就重一点，我觉得按湿谷算也没错啊！你称的是干谷，他称的是湿谷，他的数目就大一点，你说对吗？”“奶油头”呆在那里，不知道该说些什么。领导说完后，立马就走了。

领导的话一说完，所有人都愣在那里。我那时真是想哭，仰头看了看晒谷场上的天，碧蓝碧蓝的，我在心里说：“苍天啊，感谢你，你让善良的人找到了从善的理由！”

第二天，D 叔回来上班了，“奶油头”不见了。我们也不说什么，好像昨天没有发生什么事那样。中午时分，D 叔拿来一脸盆的泥巴对“香港脚”说：“烂泥巴能治香港脚。”把脚浸泡在烂泥里半小时，几次下来就会好的。我们问：这烂泥是哪里来的？他回答说，就是附近的田里挖的，掘深一点，去掉表面一层的泥，下面的烂泥效果就很好。

下午休息时，“香港脚”把脚浸在烂泥里，感觉很清凉，很舒服，一边道着 D 叔的好，一边又情不自禁地骂起“奶油头”来。不料，D 叔在背后站着听见了，严肃地对我们说：“你们都还年轻，不知这个世界是什么样的，不要乱说，世界上什么样的人都有。”我们一声不吭听着他说，最后他语气缓和下来，又说：“你们还年轻，不懂世事，这个世界，什么样的人都要有。”最后这句话的那个“要”字说得特别重。

很多年过去了，D叔的话真是不假，这世界确是什么样的人都有，有善良的人，也有不善良的人。但是，“善人者，不善人者之师。不善人者，善人者之资”。第一句容易理解，第二句的意思是：如果没有了这些不善良的人，善人也就没有行善的理由了。这或许就是D叔讲的“这个世界，什么样的人都要有”的意思。

人生路难免崎岖，有时碰到的人与事可能十分残酷和凶险。但是即便在最黑暗的时候，我们也不要失却希望，因为世界有善良的一面，人性有光明的一面。

晒谷的工期不长，我是做到最后一天，最后一个离开的。我把工具都还给粮库后，去与D叔道别，D叔陪我出来，沿着河边顺道走回自己住的地方。不知道他从哪里知道我不久就要离城下乡去，他说：“你妈还是挺狠心的，这么小的年纪，就把你送到那种地方去。”我说：“不是的，是我自己要去的，反正也没有别的路好走。”

走着走着，走到一个岔路口，D叔要往分岔那里去了。我向他道别，他一只大手拍在我肩上，说：“明年夏天再来晒谷吧！”并对我笑了笑。D叔是从来不笑的，他笑起来露出的门牙全是蜡黄蜡黄的，大概是抽烟或喝浓茶的缘故。

我目送着 D 叔一拐一拐的身影消失在黑暗之中，心里想，明年我大概是不会来晒谷了，有更苦的日子在前面等我。我抬头看了看，前面一片黑暗。

那是一九七五年，一个闷热的夏天。

这些天我的朋友圈中，经常传来我校应届毕业生升学、就业的消息。前几天我收到一位同学的微信，他告诉我他已经被一所著名大学的计算机专业录取为博士研究生了，我知道这是相当不容易的！同时，他还拿到了其他五个世界名牌大学的博士研究生的录取通知。因为我对那所大学比较了解，所以他想问我，在那所大学里是否有他喜欢的研究方向，他能否在现在的基础上展开研究，那所大学有什么他可以利用的资源。同时，他想请我帮他参谋参谋，在这些名牌大学中他应该如何选择。

这位同学会这样问是很自然的，他是数学专业毕业的，因此想找与数学比较接近的学科，再加上他做过一阵子研究，有点基础，希望可以在这个基础上寻找博士课题。然而，我告诉他，我虽然理解他现在的心情，但如果我是他，我大概是不会这么想的。我说："告诉我，你理解的做学问也好，人生也好，应该是怎么样的？一个'exploring（探索）'的过程，还是应该是'looking for something（寻找某物）'的过程？"这位同学的悟性很好，他马上就说："校长，我明白你的意思了，我应该放掉我现在头脑里已有的东西，这样我才会有开放的心态（open-mind），我才会去勇敢地探索。"

我很高兴他能有这样的反应，我告诉他："你人生的路很长，没有人知道二十年后的你会去做什么，也没有人知道二十年后的世界是怎样的，所以你要保持一种开放的心态。只有这样你才会去探索，去追求，你才会不断适应变化着的世界，才会有能力在不确定的世界里接受各种挑战。"

"探索"与"寻找"，确实是人生的一大课题。我们每天在生活中要处理很多事情，"办事"总是有目标的，完成了就是达到了目标，就是"寻找"到了，得到了。我们每天这么做，以至于我们对自己的人生也习惯如此对待。我把它归结为两种不同的人生态度，用英文来讲，前者是"explore（探索，追求）"，或者是"discover（发现）"；而后者是"look for（寻找）"，或者"find（寻找）"，这两者的人生境界其实是截然不同的。

我用一个例子来说明。大家都知道，女生大多喜欢购物，而大多数男生不一定喜欢。假设大家都在实体店购物，我们先来想想男生通常是如何购物的。如果男生需要买一双鞋子，他会抽空去附近的一家购物商场，在某一家鞋店停下来，试穿一下鞋子，比较一下不同鞋码和款式，再考虑一下价格，如果差不多，就买下来了。如果还不是很中意，就再换一家店试试，一般一两家店逛下来，也就差不多了。你会发现男生购物，完全是一种“look for”，他在寻找他心目中的那件东西。

我们再来看看女生是如何购物的。女生购物一般是漫无目的的，是完全的“exploring”，看到有什么中意的，有什么新奇的，有什么合适的东西，或者是她的哪位朋友亲戚喜欢的，都可能购买，完全是开放式思维。她是在那里“逛”，不是在那里“寻找”，所以她的心态是开放的、自由的、无拘无束的。因为这种开放的心态，购物商场里千千万万的商品，商店的装潢和促销活动，都会给她带来新奇的刺激，带来无穷的乐趣。这种乐趣远比男生头脑里“寻找”那双鞋子的动机要强烈、有趣得多，而这种乐趣再作用于女生的头脑和身体，变成一种心灵上的悦乐与追求，驱使她们不知疲倦地继续下去。

为什么“寻找”就没有这种乐趣呢？因为你在寻找之前，

心里已经有了一个“模式”，有了一个要寻找的东西。每当你看到一个事物，你都要将它往你心里的那个模式去套一套。如果套进去了，这件东西就是你要寻找的那个，你已经找到了，就没有继续寻找的动力了。如果套不进去呢？那你就还没有找到你所要找的东西，心里不免有所失落。

朋友们，请你们仔细想一想，人生中的许多事情不都是这样吗？有人说，人生是一辈子“寻找”的过程，因此，人这一辈子都是痛苦的。小时候，想要好的成绩，再后来，想要好的学校，接着，是寻觅好的对象，好的公司，好的职位，好的财富地位……人生仿佛就是一大串有目的的“寻找”活动。

那天我与一位同学聊天，聊到找对象。我说，你设想如下场景：有一天清晨你读了一本书，书里有一种特别漂亮的紫色的兰花，你觉得这朵花太美了。于是上午，你决定去附近的一个公园看看，你想去找那朵紫色的兰花。一个上午走下来，偌大的一个公园，有成千上万的各种各样的盛开着的鲜花，但就是找不到你想要的那种紫色的兰花，你会不禁感到失望和苦恼。

我们换一种场景。那天上午天气晴朗，你决定去附近的一个公园逛逛。你走着走着，看到很多盛开的鲜花，有的花你从来没有碰到过，有的花颜色出奇地漂亮，你看到有蓝色的花，甚至还有黑色的花，太美了！你一边走一边欣赏，在那些你特别喜爱的花丛面前，你会驻足得久一点，会拍个照发给朋友，还会去网上了解一下这种花的生长特点。如果你是以这种心态去逛公园的，你就不会失望。

同理，如果按前一种心态去交男女朋友，一般会失望，而如果按后一种心态去交男女朋友，情况就会好很多。更重要的是，你一定要明白，交男女朋友不是你人生的全部。如果你整天带着事先确定的模式寻找意中人，因为寻找，你会错过人生中出现在你面前的许多美好的事物。这些美好的事物，也许与男女朋友有关，也许无关，但都将构成你美丽而丰盛的人生。

寻找意味着目标，意味着拥有，想去拥有那个被当作目标的东西。这样就会刻意，就会执着，就有可能产生许多我们在社会上常见到的痛苦与病态，就会渴望获胜。如果你最终寻找不到，你就会感到失败，因而痛苦万分。一旦寻找到了，拥有了，你就没有动力再去寻找，于是就又陷入了痛苦之中。

而“探索”，则是另一种境界。探索意味着自由地敞开，去追求、去发现美好的事物。当你发现了这些美好的事物之后，你不是去拥有它，而是去欣赏它，只有这样你才会有无穷无尽的动力去追求、欣赏你一生中最美丽的事物。

人生是一场探索，所以人生是有趣的。探索中会发现无穷无尽的新事物，给我们带来无比的喜悦，那种喜悦是一种发现的喜悦，创造的喜悦，充满了美的喜悦。世界文明就是多少代人毕生探索的硕果，我们说科学，就是人们对自然世界的伟大探索，而艺术，是人们对人类内心世界的伟大探索。在这种探索的过程中，当然也会有痛苦，但那种痛苦是不同的，追求与探索本身会使你的灵魂升华至至善至美的境地。

人生就是一场探索，所以人生需要胆魄与勇气。“探索”是有风险的，没有足够自信的人，会在探索面前犹豫，会选择安逸，会患得患失，很难走远。一位企业家朋友问我：“为什么现在的学生胆子越来越小？”我说：“学校里是传授知识的，以前中国人讲‘大智大勇’，现在学校里教最多的也不过是‘智’，学生从小到大不知道‘勇’是什么。所以，读书越多，胆子越小。”

人生是一场探索，所以人生需要独立思辨的能力。只要探索，就会遇到前所未有的问题。探索者只能依靠事实，依靠科学，独立思辨和判断，从而产生新的思想。人类是怎么在这个广阔浩瀚的大地上站立起来的？大家可以思考一下，人类就是靠这种探索精神，逐渐产生了文明与思想，人是靠思想站立起来的！

人生是一场探索，所以人生的不圆满就是圆满。因为你一直在探索的路上，所以你会永远身处一个不圆满的处境。你会觉得自己不够完美，你的人生有很多缺陷，甚至你周边的朋友和社会也有诸多的不圆满，昨天不圆满，今天不圆满，明天好像也还是不圆满。其实不圆满是人生的常态，正是因为不圆满才使我们有探索前行的动力。这种不圆满是一种磨难，使我们努力把自己修炼得比我们来到这个世界时更为完美一点。世界并非不圆满，世间的每一瞬间都是圆满的。人生的不圆满其实就是圆满。

人生是一场探索，所以人生的意义在于探索的经历本身，而不是其他。探索是不能太讲功利的，它的意义不是一大串看得见的“目的”，探索的意义在于探索本身。“Life is not about purposes. Life is a collection of experience.”

冬天的白马湖

位于绍兴上虞的春晖中学，离我在绍兴城里的家不远，尤其是离我在上大学前下乡务农的村庄只有几十里的路程，但一直没有机会去过。前些年，自从当校长后，我发愿至少要走遍全国一百所中学，春晖中学恰恰是我走到的第九十九所。原本是可以更早一点来的，但想凑个“冬天”到这里，因为小时候读过夏丏尊先生的散文《白马湖之冬》，那时我就在心里想，一定要在冬天去一次白马湖，去领略那冬日料峭的寒风和澎湃的湖水。

到了春晖中学，来迎接我的是老校长李先生。他已经在这里当了十九年校长了，谈起春晖的历史如数家珍。只是我心里有点按捺不住，便直接与他讲，我们能否先去看一看那著名的白马湖。原来白马湖就在校园的边上，准确地说，校园一边毗邻白马湖，一边依偎着象山。湖水在寒风中波光粼粼，树木的叶子都已经落完了，光秃秃的。这个湖看似不大，但其实不小，我原本想独自绕湖步行一周，如今看来是不可能的了。这个湖不像旅游景点的那些名胜古迹，反而像极了江南乡下常见的大的湖泊或池塘，没有亭台楼榭，没有环湖栈道，湖的对面有几幢新建的农民房，不土不洋。我用手机拍照时都想了半天，不知道要不要把那些农民房照进去。沿着湖边走了一会儿，我觉得这个湖这样天然朴素的状态其实也挺好的，因为天然，也就少了游客，少了热闹和商业运作。这天然的湖，配上两边并不挺拔伟岸的朴素的山，素素净净，唇齿相依，而又静默无语。

过了一座小桥，湖畔边上有数间小屋。我首先走进的是李叔同先生的“晚晴山房”，据说是由丰子恺等弟子出钱为他建的。这间房比一般的平房地势要高一点，蛮有气势的，我很喜欢。我也喜欢“晚晴”二字，弘一法师有时自称“晚晴老人”，大概是因为他喜欢唐代李义山“人间重晚晴”的诗句吧。弘一法师的文章对我的影响一直很大，耐心品味“晚晴”二字，是那么地平实舒畅，让人有平和宁静的感受，但同时又是那么地浪漫，会让人想到绚丽灿烂的夕阳和晚霞，这很像弘一法师一生的写照。

下一间去到的房子是丰子恺先生的屋舍。丰先生的艺术造就与春晖中学是分不开的，他在这里既教音乐、美术，也教英文。我发现他作曲的春晖校歌也很是好听，颇有“长亭外，古道边”那种韵味。他把他的小舍命名为“小杨柳屋”，门前的横匾是典型的丰子恺体，这是我打小就非常熟悉的字体，一看到就觉得特别亲切。看到丰先生的字，会感受到他的可爱、他的童心、他的笑容，这是看别人的字不会有的感觉。

我推开的第三间屋的主人是朱自清。说到朱自清，人们都会想到他的散文《背影》，此文正是在这个小平房里写就的。他的文章中常提到的“闰生”，也是在这里出生的。他写过一篇在当时很有名的散文《春晖的一月》，我在这里不妨引用几句：“湖在山的趾边，山在湖的唇边，他俩这样亲密，湖将山全吞下去了。吞的是青的，吐的是绿的，那软软的绿呀，绿的是一片，绿的却不安于一片，它无端的皱起来了……”你看，他写得多么自然，又多么不凡呀！

他的近邻是朱光潜先生。朱先生在这里主要教英语，他坚持在所有课上都用全英文讲授。试想在一百年前如此荒僻的乡村中学居然用全英文授课，现在想来都好似天方夜谭。朱光潜先生的美学文章写得极好，他的处女作《无言之美》就是在春晖中学完成的。他自己在回忆录中曾说：“大家朝夕相处，宛如一家人。佩弦和丏尊、子恺诸人都爱好文艺，常

以所作相传视。我于无形中受了他们的影响，开始学习写作。我的第一篇处女作《无言之美》，就是在丏尊、佩弦两位先生鼓励之下写成的。”

再走过去，推开一间比前几间略大的平房。这间房的主人就是夏丏尊先生，夏先生给这间房题名“平屋”。古人讲“从高处站，就平处坐，往宽处行”，“平”是重要的，平的东西一般都比较大，我喜欢“平屋”这个名字。夏先生的平屋明显比其他人要大一些，房间也多一些，也许是因为他家人口多，也许是因为他当时级别稍高一点。有一点是肯定的，夏先生喜欢请客喝酒，所以来往朋友很多。历史上曾经传说的“春晖酒聚”，就是以他为首的，五斤绍兴加饭酒作为会员入会的标准。丰子恺先生的漫画“人散后，一钩新月天如水”记录了当时的情形。

夏先生是一位真正的教育家，他的《爱的教育》就是在这里提出并开始身体力行的。《爱的教育》是我认为近百年来中国人探讨教育中最有道理的理论之一。我的理解是，真正的教育应该包含三条：其一，人，是教育最基本最重要的因素，教育应该是人的教育，而不仅仅是专业的教育；其二，教育的内容应该“与时俱进”，这个“时”是指当时的世界，时间与空间都包含在内；其三，教育的素质由教育者的品格而定，而这种品格不用求全责备，要“兼容并蓄”。简言之，“以人为本、与时俱进、师者品格”。

我一直走到夏先生家的后轩，这是我最想看的地方。夏先生的许多文章就是在这间小屋子里完成的，他曾经写道：“靠山的小后轩，算是我的书斋，在全屋子中风最少的一间，我常把头上的罗宋帽拉得低低的在洋灯下工作至夜深。松涛如吼，霜月当窗，饥鼠吱吱在承尘上奔窜。我于这种时候深感到萧瑟的诗趣，常独自拨划着炉灰，不肯就睡，把自己拟诸山水画中的人物，作种种幽邈的遐想。”

我站在这间小屋里不想离开，因为只有这时，我才真正

找到了“冬天的白马湖”的感觉。这不仅是因为夏先生的文章，也因为当年我下乡时的小屋，与之是如此相似。在冬天夜晚的寒风里，无论用糨糊和旧报纸把窗封得多么严严密密，但那个寒风，从愈是细小的缝里钻进，声音就愈是尖峭怪异……我就是在这样的一间小屋里读书，包括读夏先生的书。

夏先生的平屋是这一排教员宿舍平房的终点了。我往回走，沿着同一排屋上去，又去参观了一下“春社”，这是创办人陈春澜先生聚会的地方。校长经亨颐先生的“山边一楼”，是一座两层楼的西式楼房，进去一看，里面的功能就像现时的“校董会办公室”加上“校长府邸”。之后我过桥回到校园里，看看他们当年上课的地方。那座楼叫“仰山楼”，保护得很好。一百年前，人们建一座乡村中学，校舍建得如此讲究，如此端庄典雅，即使在现在都是无法超越的。

当我离开校园的时候，我心里其实还有一个不太想得通的问题。为什么在一百年前这样一个贫穷、战乱的时代，会有这样一群人，跑到这么一个荒野偏僻的乡村，建了这么一所学校，而且还能弦歌不辍，延续至今？我多年前第一次去美国纽黑文（New Haven）的耶鲁大学时，也有过同样的疑问。如果一定要给这个问题提供一个解答的话，我想可能还是——理想。是的，这是一群有理想的人，他们想建一所理想的学校，培养有理想的人。

你去看看他们在仰山楼贴着的课程表，上午听朱自清讲散文，朱光潜教英文，张孟闻教自然；下午丰子恺教美术，而后是由蔡元培和叶圣陶主讲的讲座，再后面有《雷雨》的话剧和李叔同讲音乐……你去想一想，这不是一所理想的学校吗？他们是一群有理想的人，但那不是空想，他们是用自己的双手一步步实施起来的。他们的教育思想领时代之先，别的学校的校训多用“厚德”“笃学”，他们是“与时俱进”；别的学校是男女分校，他们是男女同校；别的学校用“老古董”做教材，他们是用《新青年》《语丝》等刊物做课本。

一百年过去了，当人们路过白马湖，回忆当年的春晖中学，是什么东西让他们那么流连忘返？我想还是那个把“人”置于最高位置的教育。如果一种教育不把人性放在首位，只把谋生和应试作为目标，让受教育者灌进许许多多的所谓知识，他们心里必然充满了谋生的焦虑。这样会让受教育者愈来愈远离心灵的幸福，与人性意义上的优秀和卓越愈走愈远，甚至最后背道而驰！

夕阳，照在冬天的白马湖上，波光闪闪，映着天上一片淡淡的绚丽斑斓的晚霞，像是在与我告别。我呢，目送着这渐渐远去的白马湖，像是看到了我所敬仰的那群有理想的先哲们的背影！一个远去的时代的背影！就像朱先生看到他那略显肥胖的父亲的背影一样，我的两眼不禁潮湿了起来……

那是二十世纪九十年代初期，我从美国去欧洲参加学术会议。时值临近旧历新年的严冬，我的行程是从巴黎坐夜车，去一个已经记不清是哪里的小城市，然后再转车去会议目的地。夜车途中要穿过阿尔卑斯山，车程十来个小时。那时欧洲的火车都是这样，每个小站都要停，所以特别慢。但因为是卧铺，车厢内也有空调，我就订了车票。

包厢内有四个床位，两个上下铺。我是下铺，上铺是一个大约十岁的法国男孩，特别可爱，总带着两个深深的酒窝朝我微笑。他妈妈送他上车，还跟我说了些话，请我在旅途中照顾一下孩子，他下车时会有人来接。孩子刚刚开始学英语，老跟我讲些没头没脑的英文词。我说这下好了，你教我法文，我教你英文。

上车已经是晚上十点多了，随着列车有节奏地行进，困意不禁袭来。我整理好床铺准备睡觉，刚刚要睡着时，那孩子从上铺探出头来，对我大声说："cat, dog!"（"猫，狗！"）我吓了一跳，以为车厢里有猫狗。原来他只是想练练英语，我只好陪他讲几句。他似乎正处于学英语的兴奋劲上，尤其当他的母亲不在，可以独立讲外语时……我想大概每个人都是如此，无论是学一门外语，还是学一种新事物，开始的时候总会感到莫名的兴奋，学得越深，这种兴奋就会越少……过了一阵子，孩子逐渐安静了下来。不一会儿，我发现他已经睡着了，而我被吵醒后，已经很难入睡……躺了一会儿，还是睡不着，索性坐了起来。

我走到窗边，看看窗外，啊！我从来没有见过如此美丽的景色。列车两侧是一片白茫茫的积雪，远处起伏的山峦被大雪覆盖，就像波浪起伏的银色的大海。最神奇的是，我从未想到夜晚的雪地竟是如此明亮，就像白天一样。我甚至可以趁着窗外明亮的雪色翻看自己随手带的文件和论文。这种静谧的、带着点蓝色的光，简直美极了！

在我对面坐着一位男子，独自在窗边欣赏雪景。他应该是包厢里另外一个下铺的乘客，床铺上放着一只敞着口的大旅行包，上铺好像没有人。他看起来比我年长一些，健壮高大，皮肤黝黑，穿着一件棕色的皮衣，脖子上戴着一串佛珠。

他的样子看上去有点像美国的印第安人，也有点像中国西部青藏高原附近的人。我微微向他颔首示意。他微笑了一下，但目光始终注视着窗外白色的雪国。在明亮的雪光下，可以隐约看见远处的树林和教堂。白色的雪光透过玻璃映射在他黑棕色的脸上，显得格外宁静，他那样子很像在寺庙里打坐的禅师。我不知道他究竟是在欣赏窗外的景色，还是在想心事，或者两者皆有，抑或者都没有？

我买了两杯咖啡回到车厢，走到他身边的时候顺便问他是否需要咖啡。他说了声谢谢，接过了其中的一杯。我发现他放在床铺上的背包里有几本画册，还有一本中文书，露在外面的封面上可以看见“永嘉学派”几个字。我意识到这位仁兄有可能是中国人，甚至有可能是我们浙江老乡！于是便用中文和他讲了几句，他果然听懂了，一下子和我热络了起来，慢慢地，他的话匣子就打开了。

原来他是温州人，是位画家，年龄比我大几岁，生长在乐清乡下，是个孤儿，从小在寺庙长大，喜欢画画。只因动乱年代与当地公社有争议，他通过当地的一个蛇头，与一帮温州人一起偷渡逃到了欧洲。那时温州一带偷渡出去的人是挺多的。

他说话很慢，常常是问一句才讲一句。虽说有些费力，

但我对他却越来越好奇，仿佛有种身处悬疑电影中的感觉。大概是喝了咖啡的缘故，也有可能是因为在异乡遇见了亲人，我们俩都有点兴奋，睡意全无，头脑格外清醒，仿佛在这个宁静的雪夜，只有我们两个人在分享着一些神奇的遭遇与不为人知的经历……这位仁兄想来可能也有多年没与人畅叙过，在这个夜晚，面对着我这样一个萍水相逢的陌生人，他终于可以安心地敞开心扉，讲述他这些年来的经历……

他说，偷渡其实是非常辛苦的，连续几个月进出了十七个国家，总是在月黑风高的晚上，有时在小岛上，有时在深山里，有时在公海中，有时在无人问津的鬼村落。有的地方甚至连蛇头都不认识，死人（他叫“丢了”）是常有的事，每天都有人走丢了。他用手指指包里露出的一件大衣，说那是一个同乡的。那天晚上天冷，他穿了同乡的大衣。那次是从意大利南部的一个岛屿上过境，不知怎么回事，迎面来了一群人，不知道是警察还是越狱的囚犯。蛇头吓得要死，他们拼命往相反的方向跑，也不知道要跑到什么地方。

那天晚上特别恐怖，一群群大雁惊叫着从头顶飞过。大雁飞得很低，都快挨到他们的头了，赶都赶不走。黑暗中已经无路可走，蛇头让他们从侧面的一个峡谷往下跳，谁也不知道下面是什么。他的同乡运气不好，下面是万丈深渊，就这样“丢了”。他说是喂了大雁了！后来他在同乡的大衣口袋里发现了一张小纸条，上面有一个电话号码，估计是家乡老母亲的吧。以后每逢过年过节，他都会给这张纸条上的号码拨一个电话。

我问他：“那你告诉那位同乡的亲人，他已经死了吗？”他说没有。他们这帮偷渡客有个习惯做法，打电话都用路边的电话亭。用一个硬币就可以拨家乡的国际长途，待那边接通时，这边要赶紧挂电话，这样就不用付钱。而对方根据之前的约定，也知道是谁打来的，是报平安的。这是一种电话的“暗号”，所以这些年来，他都在代那位同乡给他的家人报平安。

我听了心里很沉重，我们中国人的命怎么就这么苦，要这么千辛万苦地逃来逃去！浪迹天涯！而这位仁兄却很平静，他说这些年来他经历过太多太多这样的事了，他已经视为平常，麻木了！他静静地看着窗外，说人生就是这样，静静地等待着下一个“不幸”的到来。有时候，有的“不幸”正好避过去了，有时候没有避过去，那就让它来吧！大概命里该来的都得让它来，反正迟早都会来的。

我知道这是宿命论者的话，但我也无话反驳。现在想来，他讲的或许也有道理。在灾难面前，在命运无情地暴击下，恐惧是没有用的，恐惧只会使人丧失逃生的智慧。悲哀也没有用，责备和埋怨，更是徒劳的。怨天尤人，慨叹自己怎么就这么不幸，这个灾难为什么偏偏让我碰上了！这些都没用。

在灾难面前，最重要的就是要“认”了，要坦然接受，这是我们唯一能做的。只有“认”了，你才会安静下来，才会有生的希望。

是的，人生的路不可能永远一马平川，每个人的日子都不可能是平坦顺利的。我们需要的是一颗顽强坚韧的心，去对抗人生的艰难困苦。任何过度的敏感、忧郁和焦虑，都只能使你走向反面。永远相信，世上所有事情都是会过去的，好的是如此，坏的也是如此。最长的路也有尽头，最黑暗的夜也会迎来清晨。

我们聊到了“生死”。我说：“假如你也遇到了像你那位同乡一样的事情，你会觉得留有什么遗憾吗？”他想了一想，回答道：“我就是画画还不够，其他东西都没什么。”我突然想起来，他还是个画家呢！

于是，我们又聊了很多关于画画的事。奇怪得很，他与我喜欢的画家很一致，所以聊得特别投机。中国画家中，我们聊到林风眠、朱德群、常玉等；外国画家中，我们聊到了莫奈、凡·高、毕加索、东山魁夷，等等。因为聊到凡·高，我有点好奇，突发奇想问起他：“如果有一类画家一生落魄，生前并不如意，但艺术成就很高，比如凡·高；而另一类画家生前就很出名，画作上也很成功，但从历史的角度看，可能远不如前者。那么你更愿意成为前者还是后者呢？”他看看我，想都没想就说：“当然是前者啊！”他一直平静、很少变化的脸上此刻也流露出一种表情，仿佛在说：“那还用说吗？”我突然觉得我有点俗，怎么会问出这样的问题……我有点想看看他的画作，但由于光线不好，他也没有主动提出，我便想着再等等吧，反正有时间的。

我们俩就这样聊了一整个晚上。快天亮的时候，我趴在窗前的小桌上睡着了。等我醒来的时候，对面的仁兄已经不见了，我想他可能去洗手间了吧。我的脑中依然盘旋着一群群大雁从头顶上惊叫飞过的画面，直到我发现他床铺上的背包不见了，我才知道他在我睡着的时候已经下车了。我看了一下站牌，没错，他是下车了，再过不到一个小时，我也该下车了。

哎！我感觉有些遗憾，好像远没有听完这位仁兄的故事，又好像没有说清楚一些事情……Well，人这一世，要说清楚的其实并不多，大多数事情也许也说不清楚。我走回我的铺位，叫醒了我上铺的男孩，他的目的地也快到了。

天，完全亮了！列车又过了一站，传来不断远去的鸣笛声。我看看车窗外，才意识到我们坐在列车的最后一节车厢，我看着一节一节的铁轨离我远去。我默默地对自己说，我是幸运的，人的一生多么像这列列车，有人上，有人下，有的人先下，有的人后下，但最终所有的人都得下车。人生不易，惜缘惜福，珍重每一天所见到的蓝天白云，珍重每一口自由自在的呼吸，不将不迎，不惧未来。同时坚守自己对生活的信念，世界上最宝贵的东西可能就是自己的信念，真正能救赎自己的，还是这个信念。

我读博士的时候，有一位美国同学，与我在同一个系里做博士生，虽然指导教授不同，但在同一个房间学习和工作。我们暂且叫这位同学 John 吧。John 个子高大，密歇根州人，年纪比我小一岁。父亲是通用汽车的一位装配工，母亲是家庭主妇，育有四子，他是老三。John 话不多，但看上去蛮有主见的。他给我最初的印象是，这位老兄的“脾气”实在是太好了！这里的“脾气”不是指他总是和和气气的，而是指似乎什么事情对他来说都不成问题，他都可以稳妥地办好。

首先是吃东西，似乎什么菜对他来说都是最好的食品。John 每天早晨会在书包里带一瓶果汁、一袋面包和一瓶花生酱，平时午餐他就把花生酱涂在面包上夹着吃，而我们常常去街上买盒饭，有中餐，有墨西哥餐，也有热狗之类的。买来有时吃不完，或者埋怨有的菜太咸了、太辣了、太生了，每到这个时候，John 都会过来跟我们讲："你们不吃的话就给我吧。"他什么都能吃，什么口味的都能吃，一大碗白米饭，没有任何菜，照样吃下去。他不仅口味随便，量也随便。我有时问他："你是不是饿了，怎么能吃这么多东西？"他说："没有啊！我现在吃这么多，晚上可以少吃，甚至不吃。如果午餐太丰盛的话，我晚上有时只吃一个苹果。"反正，在吃东西上面，我从来没有碰到过像他这样好脾气的人。

有一次我问他："John，为什么你能做到什么东西都吃呢？"他说："我得感谢我父母，特别是我母亲，母亲在家里是很有规矩的。"他们家的一大规矩是，无论哪个孩子都应感恩桌子上的食物，不论喜不喜欢都应该把它吃了。如果因为不喜欢吃而不吃的话，那么，第二顿吃的一定是同一种食品。妈妈的说法是，等到肚子饿了，一定会吃的。于是，他们最后都养成了这样的习惯，凡是在桌子上放着的东西都喜欢吃。不仅不挑食，营养均衡，而且每次吃饭都有一种喜悦感，有一种感恩的心情，所以他们家的孩子个个高大健壮。

John 做什么都很有规矩，一板一眼的，安排得很周全，照现在的说法是"很靠谱"。有一次，我游泳回来，把湿的泳衣往窗台上一放，就出去了。晚上回来时发现，他帮我在我书桌的侧面钉了一条细绳子，把泳衣晾在那里。他说，这样对泳衣好，而且不会让房间看上去不雅观。我很感谢他，心想，我是经过上山下乡锻炼的，自认为是比较会管理自己的人，但明显地，他做得比我好。在往后的日子里碰到了许多事情，有的与实验有关，有的与课程有关，有的与生活有关，我愈来愈发现这个人简直是个金矿，处处发光，做任何事情都有条不紊。有一次，在一门比较难的数学课后，他来问我问题。我很轻松地回答了他的问题，而且还跟他讲了与他这个问题有关的一系列概念问题。他很感激我，临走时感叹地说："你的数学真好！我不如你，我只能靠我的'管理'（organizing）来制胜了！"我当时感到震动，学术上"管理"也可以制胜？因为，包括我在内的中国学生普遍以为理论基础是做研究的最重要的本钱，殊不知人家还有这一招。John后面的研究一直做得很好，从那以后我就开始领悟到，"管理"在研究上其实是非常重要的。

John 的"管理"不仅体现在事情上，在时间上也很有一套。有一次，我问 John："你怎么会管理得如此有条理？是从哪里学来的？"他说："我还得感谢我母亲。"他说，小时候家里小孩多，母亲里里外外一个人照顾。有时他们兄弟几个会把家里玩得一塌糊涂，母亲回到家时，看到家里上上下下都乱七八糟，却从来不发火，总是很安静地对他们说："谁

把哪个东西弄乱了，谁就把它放回去。”有一回，只有他一个人，整个厨房的地都要他一个人收拾干净。收拾到一半时，他忍不住哭了，跑到妈妈跟前说：“妈妈，如果我今天不把厨房收拾干净，你是不是不爱我了？”他母亲说：“妈妈永远爱你，但你必须先把厨房地上收拾干净。”他只好再回去整理。后来又来回哭了几次，与妈妈讲了同样的话，妈妈也还是同样回答他：“妈妈永远爱你，但你必须先把厨房地上收拾干净。”

John 的妈妈说得很好：“妈妈永远爱你，但你必须把厨房地上收拾干净。”“爱”与“规矩”是教育的两面，缺了任何一面，就不能成为教育了。没有“规矩”的“爱”只能是溺爱，那样教育出来的孩子永远长不大。当然，没有“爱”的“规矩”，其实是定不下这个规矩的，达不到任何教育的目的。

John 还同我讲过另一个童年的故事。那是一个圣诞节的早晨，一家人早早地就围在圣诞树旁等待分拆圣诞礼物。因为他们家小孩多，上一代人的兄弟姐妹也多，所以大家的礼物常常搞乱。当他抱着一大堆礼物，兴高采烈地回到自己的房间时，突然发现自己多了一份礼物。他正窃喜，这个时候父亲走进了他的房间。父亲并没有发现有什么不对，但他还是忍不住对父亲说了，说完后他求父亲："爸爸，我知道我们是朋友，就这一次，你可不可以不说出去？"停了一会儿，爸爸抚摸着他的头说："孩子，爸爸永远是你的朋友，我可以不说出去，但你愿意同一个不诚实的人做朋友吗？"他听了，骤然感到沉重，站起来，看着窗外，眼泪不禁哗啦啦地流了下来。他父亲一直站在他身后，手抚着他的肩，两个人默不作声地望着窗外的大雪。过了很久，他妈妈进来了，他主动和妈妈说，他多拿了一份礼物，这份礼物应该是属于他的兄弟的。

那天晚上，他的父亲给孩子们讲了一个故事。大意是，古希腊建神庙的时候，有一位伟大的雕塑家受命雕刻一尊神像。他花了很长时间，把一块大石头雕成了一件四面都有神像的艺术品。完工后，他要求神庙付四面神像的钱，但神庙的负责人说，只能付正面的神像的工钱，因为这一面朝神庙的正大门，这就够了。雕塑家说："那不对啊！神在天上都看得见！"他父亲想说的是，我们做的任何事情，上天在上，都能看得见！

从那以后，他做每一件事都会想到"天在上面看着呐"。这实际上就是中国文化中"慎独"的概念。晚上十二点钟在马路上开车，碰到红灯，你会停车吗？我非常欣赏他父母的这种做法，从小养成某些最重要的规矩，养成自律的习惯，比给他什么都重要。在养成这个习惯之前，父母不要轻易去做孩子的"朋友"。记住，父母在孩子的心目中，首先是一个"政府"，你说的东西，他会觉得大概是对的。所以，如果你不讲规矩，不讲原则，一开始就"哥们""兄弟"，那这个规矩是永远立不起来的。古人说："欲知平直，则必准绳；欲知方圆，则必规矩。"

在这之后，我读过不少近代名人传记，有中文的，也有英文的，从曾国藩、李鸿章、梁启超，到美国的肯尼迪家族。我发现一个家族以及家族中每一个人的成功都与这个家族的规矩有很大关系，规矩不仅要立得高，而且要切实执行。我发现在执行家规中母亲的作用似乎更为重要。我常常问 John："你们家这些规矩做起来是不是很苦？"他说："不会啊！只要你养成了习惯，反而会感到生活和学习变得更容易、更自由，少了很多顾虑和烦恼，也免除了很多陷入不必要困境的可能性。"想来也是，懂了人生的规矩，才能真正享受灵魂的自由。

很多年过去了，做了几十年老师，你如果要问我，教育最重要的东西是什么，我会毫不犹豫地告诉你：最重要的是要明白"爱"与"规矩"。那天，一群年轻教师在我家里，我就是这么分享的：做老师的第一要明白，你一定要"爱"学生。一位年轻教师马上打断我说：“这个不用讲，我们每个人都爱自己的学生。”我同他讲：“不一定。”一位老师“爱”不“爱”学生，其实只有学生清楚，学生是非常明白的。你讲课讲得再好，你给他们的分数再高，当学生们认为你心里其实并不在乎他们，那他们是不会喜欢你的。反过来，如果你心里有爱，哪怕你上课不怎么样，说话有时候也会出错，学生们仍然会喜欢你，甚至会把你的许多错误看作是你“可爱”的地方。所以，老师爱学生，这是最重要的一条。然而，另一条同样重要的原则是“规矩”。教育是让被教育的未成年人逐渐养成优秀品质的过程，是逐渐把这些规矩养成自己的行为、思维习惯的过程。没有规矩，教育就没有效果，而只有爱，没有规矩，就失去了教育的全部意义。

“爱”与“规矩”是教育的两面，这是因为人的属性有两面，一面是人的自然属性，另一面是人的社会属性。人作为个体，有很多自然需求，比如生息、吃住、爱好，每个人都不一样，都想有自己的自由和发展。但是，人又是生活在社会里的，人的社会属性决定了人必须是诚实的、守法的、自律的。就像你开着一辆汽车在高速公路上行驶，你可以有自己的个性，有时开快，有时开慢，可以有自己的目的地，但你必须记住你是在与其他车辆一起共享这条高速公路，你必须遵守这个共享的规矩。

这是个很浅显的道理，但我发现在华人社会里，人们对年轻人的教育似乎都有点问题。华人社会，无论是在大陆（内地），还是台湾、香港，似乎有一个共同的特点，就是过分强调“爱”，而忽视“规矩”。家庭是如此，学校是如此，社会也是如此。年轻人犯了错误，不是教导他们去改正，而是强调“他还小，还是个孩子”。任何一个罪犯都是从小这么一点一点在社会的溺爱下堕落的。古人讲：“君子爱人以德，小人爱人以姑息。”我这几年碰到无数的例子可以说明这个道理。考试作弊，这在我们学校是极为罕见的。学校有严格的处罚条文，很早就公布在先，但当事情出现后，家长来学校评理：“我们此前不知道这个规矩啊！”如果一个人在家里没有规矩，到了学校又没有规矩，毕业后到社会上也没有规矩，这样的年轻人将对社会造成怎样的影响？曾有一个大四的学生要去国外留学，需要学校开一个证明。他母亲给学校写了无数封信，上至校长，下至所有认识的老师，还千里迢迢赶到学校来，几次要求开这张证明。我问她：“你怎么不叫儿子自己来呢？”她说：“他懒，我同他讲过，但他躺在学校宿舍里玩手机。”当家庭教育没有一点“规矩”时，年轻人是很难独立成长的。

当我们讲教育要有规矩时，我在华人圈子里总是听到一种说法：“他还小，不懂这些规矩，等他懂了之后再教他吧！”其实，这未必对。规矩就像我们常说的“道理”，这“道理”两个字，是“道”在先，“理”在后。在讲“道”时，其实不需要，也不可能把“理”讲得很清楚，“理”是在知道了“道”之后你自己逐渐领悟出来的。这很像小时候读唐诗，最重要的是先把诗学下来、背出来。当下你要把诗的意境都讲清楚是不可能的，诗的意境是你知道了这些诗之后，慢慢领悟出来的。所以，我认为很多做人的道理和规矩，从小就应该学。我所知道的前辈们也都是这么做下来的，为什么到了我们这一代反而不能做了呢?

在我看来，“爱”与“规矩”就像教育的两根筷子，缺了哪一根，都吃不下教育这碗饭。

“爱”与“规矩”不仅是教育的两面，而且应该是让受教育者终生拥有的两项至宝。人生就像一条在弯弯曲曲的急流上漂流的木筏，全凭两边的桨才得以保持平衡而顺利前行。爱与规矩就是这两把桨，如果你只在一边划桨，那你人生的木筏要么总是原地打圈，前进不了，要么就是在急流之下颠覆翻倒。只有当你把两边的桨平衡起来，人生的木筏才能够安全前行。

这几年跑医院的次数明显多了，主要是去探望住院的亲友。起先是因为几位老人相继生病住院，要时常去看望，后来也去看望一些住院的朋友同事。去医院当然不是一件开心的事，是不得已去的。无论是内地的医院，还是香港的医院，无论是小地方的医院，还是大城市的医院，每次去医院都不是一件令人舒心的事。

一进医院的大门，首先是闻到一股呛到咳嗽的药水味。这味道似乎在提醒你，这是一个病菌流行的地方，你得注意一点。然后映入眼帘的就是一条条长队，挂号要排队，抓药要排队，付钱要排队，化验要排队。排队其实也没什么，只是周围的环境实在太糟了。小孩的哭叫声与病人的呻吟声此起彼伏，目之所及都是躺在病榻上的衰弱的病人，大块大块白色的纱布包扎着的断手断脚的残疾人，手上挂着吊水药瓶的坐在轮椅上的病人似乎已是很“正常”的人了……所以每次进医院都有一种想要赶快逃走的愿望。也正因如此，每次从医院里出来时，总有一种莫名其妙的窃喜，有一种如释重负的感觉。

有一次，天下着绵绵细雨，我去一家医院看望老人。医院还算干净，医生护士都很和气。看过之后下楼来为老人取药，同去的亲戚让我找个地方坐一下，她去排队抓药。我发现两座大楼之间有一条玻璃围着的走廊，倒还明亮，两旁有椅子，我就找了个空位坐下来。

我看到一个十来岁大的小孩，手脚都被白布包扎着，用拐杖撑着身子一拐一拐地朝我坐的方向走过来。他开心地大声说：“奶奶，奶奶，出太阳了！我说今天会出太阳的，我昨晚梦见的！”他指着玻璃顶上的阳光对着他奶奶说。奶奶坐在我旁边，一个标准的乡下老妇人，脖子很粗，好像长着一个什么东西。那小孩与老人都朝我笑笑，我也对小孩说了几句话。

老人的手上拿着一双新的布鞋，那种老式的方口布鞋，我也喜欢穿，现在家里还有一双。我随口说：“这双新鞋不错啊，你自己做的吗？”老人停了一会儿，说：“是我儿子的，还没穿，上个月走了，在楼上的七号病房走的。”我也不知说什么，想来也很惨，留下一个老人和小孩在医院里。

每次去医院，都能看到一些人，知道一些事。这些人和事就像净化剂似的，常常把我心里的许多烦恼洗净了。每次去医院所看到的仿佛都在提醒自己，你没有那么不幸，比你不幸的人多着呢。你也没有那么重要，老老实实地过好自己的日子就行了。

啊！今天无论怎么样，我的手总还是完整的，我的脚总还能走路。我还能呼吸到这样新鲜的空气，我的身体还没有那么多疼痛。我还能这样正常地说话，不用说两个字就要咳嗽一下、抽搐一下才能说出下面两个字。

医院跑多了，另一种感觉是深深地感到医生护士的伟大！以前常常觉得医生护士与社会上其他职业人士一样，没什么特殊。只有当你经常去医院，你才会发现，这是一个非常特殊的职业，这些人是一群非常特殊的人，是需要有特殊禀赋的人。小时候，我问过祖母："去做个医生怎么样？"祖母说："做医生是好的，但不是每一个人想做就能做的。每天都与病魔鬼神在一起，如果命不强的话，说不定救不了人家的命，先把你自己的小命给搭上了。"我想这倒也是，所以我一直钦佩做医生护士的人。

做医生护士，必须有一颗强大的心，每天要面对那么多

痛苦的病人，心理素质一定要很好。你去看，每次你与医生说话时，他们都很有耐心。优秀的医生即使在成了某个部门的领导以后，还是能显得比常人耐心得多。他们和任何人说话总是很和气，面带笑容，甚至说话的口气都像是在与“病人”说话。所以这样的领导，常常没有太多烦事，因为他们把所有人都当作“病人”对待，“病人”嘴里说一些错话，甚至胡说八道也是在所难免的事。

每个人在每天的工作生活中总免不了有很多烦事。常常有同学或同事跑来同我讲“今天我心情不好”，怨声、责怪声特别多。我总是对他们说，同时也默默地对自己说“要努力做到事烦心不烦”。这种“事烦心不烦”的心境，其实是我从跑医院的经历中学来的。

医生为什么能做到不心烦呢？我的理解有二：其一是因为医生一直身处烦事之中，当你碰到的事都是烦事时，你会“见烦不烦”。正像当你每天都碰到喜事，都被各种各样的喜事包围着的时候，你会“见喜不喜”，至少会把喜庆的情绪打个折扣。其二是因为医生的职业训练，他能把病人的烦不放到他自己的心里去，那是“他人”的事，这样他就会理智地去对待和处理这些烦事。如果他把这些病痛都当作他自己的事，他就会心烦。心乱了以后他会无法正确处理病例，无法精确无误地手术。所以，事烦心不烦，要做到这条最简单的办法就是把烦事置于一旁，对自己说，那不是你自己的事，这样你就不会让烦的事往你心里走。

要做到“事烦心不烦”的另一个办法是，你得重新思考一下，这件“烦”事对你来说到底有多重要？我发现人们常常把一些事的重要性无端地放大了，这使你没法“不烦”。其实当你冷静下来后，这些事常常可能没什么了不起的。

我去云南时，有位朋友与我讲起一件发生在他身上的事。征得这位朋友的同意，与大家分享一下。我们暂且称这位朋友为G先生。G先生当时是旅游局的领导，他想开发一条常被人们提及的“古道”，是从西藏到云南的。他想不妨自己先去看一下。于是，他租了一辆车，谈完价格后就上路了。开车的是一位中年模样的藏族人，车上还有一位他带来的客人。

没想到出发几个小时后，G先生就发现路的一边是几百米深的悬崖峭壁，后来悬崖愈来愈陡，从几百米，一直到一千米、两千米。更糟糕的是，路况愈来愈差，路也愈来愈陡，常常是倾斜的，靠悬崖的一侧要低一些。由于离心力，车的速度必须很快，但藏族司机似乎根本没觉得有什么。

G先生紧紧抓住手柄，这个手柄已经抓着几个小时了。他看到自己的汗水从手上一滴一滴流下来。几个小时下来，他发现自己身上穿的白衬衫已经被汗水“染”成了姜黄色。

那种恐惧，那种苦痛，是他一辈子从未经历过的，他每一刻都想对司机说：“你给我停下来吧，哪怕让我爬我也会爬回去，我不要这样坐车。”当然，他知道，这是不可能的。后来，G先生终于对司机说了：“我们能不能到外面解手？”司机没回答。过了很长时间，他大概找到了一个方便停车的地方，就同G先生说：“你去解手吧。”G先生出去解手，当他回到车里时，发现他同行的伙伴已经一动不动，快被吓死了！身上的衣服都被惊吓的汗水“染”成了黄色。G先生把那伙伴推到一边，默默地对自己说，这真是一场生死之旅啊，而死的可能性明显比生要大得多。

这样的路一直开了六天才抵达目的地。到了之后，G先生做的第一件事就是请这位藏族司机吃了一顿大酒，一方面是庆贺，一方面是感恩。然而，这位藏族司机一点都没觉得这有什么可大惊小怪的，因为他每天都是这样接送客人的。事实上，他刚刚又接了两位汉族女人，要从云南回程去西藏。G先生对我说，从那天开始，他对藏族人就有一种发自内心的敬仰之情，因为他们把生死看得很开，汉族人还是太重生死了。

是的，我们都把生死看得太重了！

当一个人能连生死都看得很轻时，他心里还会有烦事吗？

章太炎先生曾经说过："性躁皆因经历少，心平只为折磨多。"当一个人的历练多了，折磨多了，他的心就会平静很多，碰到再烦的事也会觉得无所谓了。

人活在世上，烦恼之事在所难免，但是不要把它往心里去。我们的心是什么呢？我们的心是在我们降生时，上天给我们的一块白茫茫的空旷的土地！待我们离开这个世界时，上天要收回这块土地，我们丰富多彩的人生就会在这块土地

上留下很多鲜花和果实。如果我们一直心烦，那么这块土地上就会长满了又黑又脏的丑八怪，那是何等遗憾的事。

世界就像一棵大树，我们的一生就像一只偶然飞进大树的小鸟。小鸟来前，大树已经在了，小鸟走后，大树依旧在那里。烦恼的事同样就像偶然刮来的那阵风，飘过来的那阵雨，既与大树无关，也与小鸟无关。大树依然挺拔，小鸟依然歌唱，风雨总会过去，彩虹总会出现！

这就是世界，这就是人生，这就是为什么事烦，而我们心里可以不烦！

吃饭的时候吃饭，读书的时候读书

到明年夏天，祖母就已经离开我们三十年了！这一算竟让人有点不敢相信，明明祖母仿佛还在我们身边，或者说，才刚刚离开我们……前一阵子，我晚上经常梦见祖母，家里人说，可能是春天的缘故，春天梦多。但现在已是秋天了，怎么梦还是这么多呢？

梦里的事，醒来多半忘却了，但有的梦却记得很清晰，清晰得好像真的发生过一样。前两天又做了一个关于祖母的梦，到现在还清楚地记得。

梦里我好像在家乡的旧居，在堂前的小圆桌上吃午饭，右侧身后站着祖母。她还是穿着那件黑色的绸衫，手里拿着一把芭蕉扇。大大的芭蕉扇边上缝着一圈白色的布边，保护扇子不至于很快破损。祖母一边给我打扇，一边说：“吃饭的时候吃饭，读书的时候读书。”原来，我一边在吃饭，一边在饭桌上摊开了一本书在看。祖母的声容依旧是那么慈祥，从不强迫你一定要按她说的去做，我依然在那里吃饭看书。又过了一会儿，我把书合上，祖母轻轻地把书取走了，放在她身后的八仙桌上……又过了一阵，梦就醒了，恍惚中不知祖母究竟还在不在……

早上起床以后，这个梦依旧很清晰。梦中的情状是很熟悉的，祖母的那句话也听过很多遍。现在回想起那些事情，觉得既遥远，又那么触手可及，仿佛很近很近……小时候家里的条件并不好，祖母是我接触最多的人，我的很多习惯都经她言传身教而来。

那天，我一边吃早餐一边想着梦中她的这句话："吃饭的时候吃饭，读书的时候读书。"想着想着，发觉这句话看似平常，其实并不简单。人的一生，如果真的能够按照这句话去做，不仅会简单得多、纯粹得多、快乐得多，而且取得成功的可能性也会大一点。

这句话的第一层意思是说：凡事贵在专心。我常常在校园里看见同学们边走路边看手机，在食堂里见到同学们边吃饭边看手机。如果离得比较近，我会提醒他们，虽然起不到什么作用，但还是忍不住要说。其实，我们在用餐的时候，为什么不能专心品味饭桌上的美味？在外边散步的时候，为什么不能专心欣赏身边的风景？人是思想的动物，你把思想寄托在哪里，你的成就就在哪里，当你同时在想很多事情时，你就分心了。你那盏灯的光，就弱了，就模糊了！学习上，工作上，也是如此。你一定要心有所定，专注做事。真正成功的人，其实可能与一般人差不多，只是具有汇聚“光源”的本事，凡事能专注罢了。

我在美国时听过一位很有名的大公司总裁的讲话，当有人问他，怎么会干得如此出色？他说：“其实我并没有像人家所想的那么聪明，那么能干，甚至那么勤快。只是每做一个项目时，我都会把自己全部的精力想象成一桶水，把那个新项目想象成一只瓶子，我会把自己这桶水全部倒入这只瓶子里，一滴不剩。这样我会无比开心地欣赏这只瓶子，因为这只瓶子就是我的生命，我无比热爱这只瓶子。到最后，这只瓶子会一点点变得越来越美好，越来越完美。”

这句话的第二层意思是说：凡事要一件一件地去做，做完一件事，再做第二件事。这句话说来容易，但我们很少能做得到。日本有两位很有名的禅师都叫铃木，一位叫铃木俊隆，一位叫铃木大拙。他们两位的书我都看过几本，我记得有一本书上讲到这么一个故事（我已经记不清是哪个铃木了）。禅师年轻的时候在一家寺院修行，老禅师要他把木窗上的排板上好。日本的木窗很像我们南方一带的店门门板，我在乌镇和成都的宽窄巷子都看到过很多，我小时候家乡的店门也多是这个样子的。早上把店门门板一块块卸下来，搬进屋内，傍晚打烊的时候再把门板拿出来，一块块装上去，我们家乡管这叫“落排门”“上排门”。当老禅师要他上排门的时候，他就把几块长长的门板合并在一起，扛到窗前，再一块块装上去。老禅师看到后严厉地对他说，把门板扛回去，你要扛一块门板到窗前，装好后，再去扛第二块，这样一块一块地扛，一块一块地装。只有这样才叫“修行”。小禅师刚开始不甚理解，觉得效率太低，但他每天还是这样奉行，做着做着渐渐感悟到了“修行”的真意了。修行是什么？修行就是认真地把一件事情做好，全身心投入这件事，完全做好之后，再开始去做第二件事。这种做事的态度与习惯，对我们每天的工作和生活都很重要。

这句话的第三层意思是说：凡事要串联地去做，不能并联地去做。平时做事要一件一件有序地去做，在人生规划中，要注意做好当下的本职工作，古人讲“君子素其位而行”。我们身边常常有许多优秀的人才，聪明能干，精力旺盛，可一旦机会多了起来，身兼数职，总想同时实现功名利禄，结果常常不尽如人意。

有位美国朋友，早年学问做得很好，是位出色的科学家；后来去了一家全球大公司当主管，也做得风生水起；再后来，他又去做了一家餐馆的主厨，还出版了一本菜谱，很多人都说他做的菜太好吃了！我觉得这样的人生就是“串联”型人生的典范。

把人生串联起来，人就活得简单了起来。

生活一简单，人就会快活，这是因为你的内心世界变得简单了。大千世界，其实就是你内心世界的倒影！你的心里简单，世界就简单。你的心里宁静，世界就宁静。你的心里充满阳光，世界就充满阳光。

这句话的第四层意思是说：凡事不宜操之过急，不宜过分求快。前面讲人们总想把事情“并联”地去做，究其原因，还是因为大家希望做得“快”一点。现代人的工作、生活节奏快，每个人的心都很急，网络世界更使得每个人的生活都被动地受人操控，被操纵得每个人都行色匆匆。着急做事的结果常常是把事情搞错，急事急办，尤其是在同时处理好几件事的情况下，失误在所难免。当然，处事要抓紧，抓而不紧，等于不抓。所以，急事要缓办，缓事要急办，遇急事要缓，遇大事要静。

现代人所追求的“快”，有时真的应该好好想一想。有一次，我与一位植物学家闲聊。我说，我的感觉是，农业可能应该追求“稳产”，慢慢地增长，而不是“高产”，搞得很多东西大家都不敢吃，他完全同意。其实，世界上大多美好的东西都是慢慢来的。花，是一朵一朵地开，然后一瓣一瓣地落。人生也是一样，要慢慢地走。路上珍贵的东西，要慢慢地品尝。碰到的人，要慢慢地交朋友、谈恋爱。不急，才能长久！

其实，祖母这句话，说到底是一个人生态度问题。它告诉我们，要认真地去做每一件事，要善始善终。古人讲，“靡不有初，鲜克有终”，全身心投入，把每件事都做好，这或许就叫圆满。人生的圆满，在我看来，比在一件特定事情上的出彩更重要！

这么说来，我真的要感谢祖母的这句话了！每次回忆起她的那些老话我都会得到新的启迪。这个梦，就像一支吸管，使我又有机会喝到了祖母那杯香甜的奶茶！我常常想，梦里的这些灵感，好像是祖母跟我说的悄悄话，可惜的是，祖母也许太忙了，只是偶尔跟我说一下。

从前我离开家乡，祖母对我说，男子汉大丈夫要跑码头，看遍世界。那时候，世界对我来说是那么遥远！今天，我走遍了世界，看遍了人间烟火，回头再看看家乡，发觉家乡却是那么遥远……然而，在那遥远的朦胧中，我依稀能看到那道熟悉的光，一直照着我向前，越过云层，飞向太阳的方向。

哪些人AI很难替代

这阵子，人工智能（AI，Artificial Intelligence）又一次成了热门话题，主要是由ChatGPT引起的潮流，一时风起云涌。ChatGPT是一个具有划时代意义的里程碑，给全世界的各行各业带来了巨大的挑战和机遇。然而，大多数的恐慌主要来自人类的AI进展到底会替代什么样的工作和人群。职业如果保不住，饭碗就没了。对教育的冲击更大，英语老师不能布置写作的作业，物理老师出的题目几乎都能找到答案，心理学科的问题AI回答得可能比老师还要强……

ChatGPT刚问世，一位理工学院的年轻教授就立即给我发了一条微信，告诉我多年以前，我的讲座中强调的观点“不幸”被言中了。我当时的观点是，AI如果有一天要代替人类的话，我认为是从代替“白领”开始的，而不是代替“蓝领”。因为当时大多数人担心的是“蓝领”的工作要被替代了。妈妈教育孩子，要好好读书，学点知识，否则农民都做不了，现在农民都要被机器人替代了。这下好了！ChatGPT 正好是从自然语言处理中突破的，语言与文本处理是强项，所以一般白领的大部分工作能够在极短的时间里完成，而且做得更为仔细，更为完整，更为丰富。

为什么 AI 会先替代“白领”的工作呢？一个原因是 AI 的强项是利用现有的网络、数据、资料、知识，所以它会比一般人类的记忆、逻辑、分析、综合能力要强。如果它能够突破与人“交互（interaction）”的界面（语言也是一种界面），那这种能力不仅会超过人类，而且会超过几万倍。另一个原因是 AI 代替“蓝领”其实是很难的。工业机器人已经问世半个多世纪，在制造业发挥了很大的作用，这是因为制造业需要的是重复工序的速度、精度、效率，这正是机器人的强项。但是，一般的服务业的“蓝领”工作，大多与“技能（skill）”有关，一方面 AI 比较难学，一方面这些工作都比较“杂”。你看看，在北方澡堂，一个搓背师傅要做多少件事，不仅要搓背，还要清理、服侍、换水，等等，更重要的是要“对付”很多人。这种“交互”，对 AI 来说非常困难，远比在网上一问一答的交互难得多。所以，AI 替代“白领”理论上比替代“蓝领”要来得容易。

这里还有一个经济学的考虑，做一个机器人替代“白领”，一般来说，会比替代“蓝领”要划算。比如说，你造一个机器人，采摘苹果，替代摘苹果的农民，这台机器人的效率能顶多少个农民？即使能替代十个农民，它的价格一般会远远大于十个农民的工资。而“白领”的工资一般会高一些，造一台替代“白领”工作的机器人造价也会便宜一点。所以从经济学上考虑，人工智能替代“白领”会比替代“蓝领”要划算得多。

当然，“白领”“蓝领”都是一个大类，也要看什么工作，要看这些工作需要人具有什么样的特征、禀赋、才能和素质。这恰恰是我们应该从现在开始认真思考的问题。这个思考决定了人类在人工智能时代的教育模式应该做怎样的修正，决定了我们应该培养什么样的人，也决定了人工智能最后往哪里走。

首先，我想说，在这个世界上，无论处于哪个时代，哪个国家，人类社会的结构层次基本上是一个正三角形。少数人是高层，所谓“精英阶层”，在顶上；中间是庞大的中层；最低的部分是占大多数的底层。这个正三角形对社会结构是如此，对经济贫富、智能才干、文化程度大概也是如此。

其次，社会总是在向前渐渐演进的，如何来表征“演进”

呢？那就是社会的分工会发生变化更替，有些职业就会自动地被替代掉了。所以，一百年前社会上有的一些职业，现在已经见不到了。我的老家在浙江绍兴，小时候曾经问过祖母，从前的绍兴人主要是做什么的？她说绍兴人有两大职业，一是做“锡箔”，锡箔就是用锡做的纸，念了佛之后作为祭祀焚化用的纸钱；二是做“师爷”，就是为各类官吏做高级参谋，从县衙门到皇宫都有，明清时代有所谓“无绍不衙门”，就是说，没有绍兴人，政府都办不起来。你看看，这两种职业现在都消失得一干二净。可以想象，一百年之后，我们现在的许多职业也会消失了，这是完全正常的，哪个社会都是如此，不用恐惧。人工智能时代一定会替换一大批职业，同时也一定会有一批新的职业登台亮相。

然而，有意思的是，人工智能大概会更换哪些职业呢？网上已经议论纷纷了。从前面讲的延伸下来，我想说的是，职业更换大有可能发生在上面讲的三角形的“中部”。从历史上讲，更换替代都是从“中部”开始的，人工智能时代也是如此。为什么呢？顶部的，你很难替代，做不出来；底部的，你又不愿意，或者不值得（不划算）来替代它。所以，最有可能的是把中部的那些阶层所涵盖的职业给替换了！

当然，这是笼统的说法，还是要看具体事物的情况与发

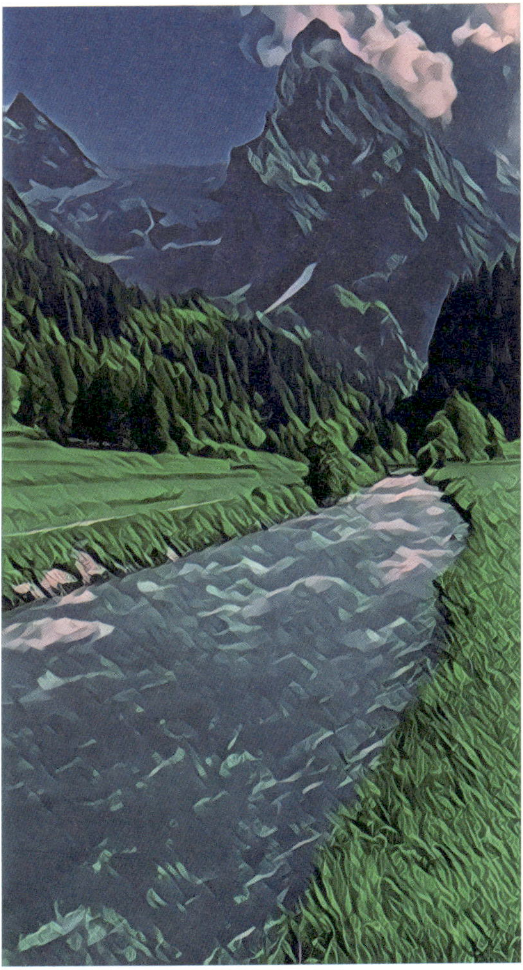

展。抛开职业不管，每种职业所需要的人的素质是不一样的，就人的素质而言，哪些人 AI 是很难替代的呢？AI 是一种机器智能，理论上是通过大量的数据统计合成的一种智能，是对过去无数人的实践的一种总结。所以我想至少有以下三种人，AI 可能会比较难替代：

第一种人：情商高的人。情商是人性的一个侧面，因为现代教育忽视了这部分，它变得越来越稀缺。机器智能会有一些情商，但因为是统计的结果，会停留在“平均”的意义上，做个“心理导师”还可以，做“情人”那种高度私人的情感是很难的。有高情商的人以及他们所从事的工作是不怕被 AI 替代的。

第二种人：创新意识强的人。创新，或者说，好奇心，对新的思想、新的主意、新的设计的向往，使我们每天充满创新的动力，习惯独立思考，并有强的意念和执行力。这种人将是机器智能的“克星”，因为机器智能本质上是对过去“旧”的东西的整理与综合。

第三种人：有勇气的人。有勇气敢于探索的人，一直在思考前边的路。这些路在很多情况下，是没有什么人走过的，所以，机器智能帮不了忙。“大智大勇”是我国文化博大精深的一部分，现在很多人忘了！“智”是可以学的，“勇”很难，要从小培养。

当然，你还可以写出更多。我列出这几种人的原因，只是想说，如果我们能够牢牢地站在“人性”的立场上，是不用惧怕 AI 的。我们大可不必担忧 AI，我们不要担心机器愈来愈像人，我们要担心的是，人愈来愈像机器。

有一位中学老师曾经问过我：“你觉得现在培养出来的学生比五十年前培养出来的学生更聪明、更有智慧吗？”我回答不出来。之后我自己思考，我能够回答的是，现在培养出来的学生比五十年前的学生更像机器。应试能力、记忆能力、运算速度……一步一步地向机器靠近，然而，所有这些努力与 AI 相比，都将是小巫见大巫，望尘莫及……所以，我们得停下来，看一看，我们拼命努力的方向是不是对的。

作为一个教育工作者，我们要问问自己：传授知识是不是我们仅有的使命？我们是不是应该花点精力在学生的情感教育上面？我这几年来一直有与同学们散步、爬山或者种菜的习惯，我所接触到的同学中多数人对我说：“我从来没有爱过一个人，我从来不知道曾经爱过什么，不知道为什么要爱，不知道爱究竟是什么？”他们站在我面前，是那么近，但又觉得那么远。他们都很聪明，聪明得可以做“奥数”题目，但心智又那么脆弱，脆弱得可以因为一个教室里的座位而轻生。

AI 可以替代，或者说帮助我们的手脚，做体力劳动；也可以替代或帮助我们的头脑，做很多脑力工作。但它替代不了，也帮助不了我们的“心”，心灵的事，要靠我们自己。心念，可以是光明，也可以是黑暗；可以是美，也可以是丑。我们的心，就像汪洋大海里的航船，手脚和脑力就像驾驶船的技巧，在大风大浪里远航，千万不要忘记，船本身远比驾船的技巧要重要得多。

人生，到最后，无论是生活质量也好，工作成就也好，个人幸福也好，真正重要的是情感管理，而不是记忆，不是逻辑，不是速度，甚至不是知识。那些 AI 都可以帮你，你也比不过 AI，博学并不能给人智慧。

因此，如果我们的教育能够真正地“以人为本”，如果我们能够注重情感教育、艺术的涵养和想象力、创造性的训练，我们完全可以无惧 AI 的来临。相反，我们可以用它作为工具，真正造福人类社会和我们的子孙后代。

写完这篇文章后，晚上我用 ChatGPT 以同样的题目来写篇文章。下面是 ChatGPT 提供的答案，我觉得也很有意思，放在这里一起给大家看一看：

虽然 AI 技术的发展越来越快，但是目前仍有一些人类所

具备的技能和特质是很难被 AI 替代的。以下是一些例子：

1. 创造力：创造力是人类独有的能力，是从无到有地创造新的思想、艺术品、发明等的能力。尽管 AI 能够模仿和生成很多东西，但是它们仍然缺乏真正的创造力，无法像人类一样创造出全新的、原创的作品。

2. 情感和情感智能：虽然 AI 可以模拟人类情感，但是它们缺乏真正的情感和情感智能。人类能够感知、表达和理解情感，这种能力在人类之间的交流和互动中非常重要，而这是 AI 目前还难以做到的。

3. 社交和人际关系：社交和人际关系是人类的天赋能力，它需要我们理解、推断和适应人类的行为和动机，而这是 AI 目前还无法完全胜任的。在很多工作中，人类需要处理复杂的社交关系，比如谈判、合作、领导等，这些都需要丰富的人类经验和技能。

4. 品德和道德判断：AI 缺乏人类的良知和道德判断能力。在很多情况下，人类需要考虑到道德和伦理问题，这需要具备正确的价值观和道德标准。而 AI 是无法自主决定正确与否的，需要人类来为其设定道德和价值标准。

需要注意的是，随着 AI 技术的不断发展，这些限制也可能会逐渐消失或减弱。但是，人类独有的能力和优势也在不

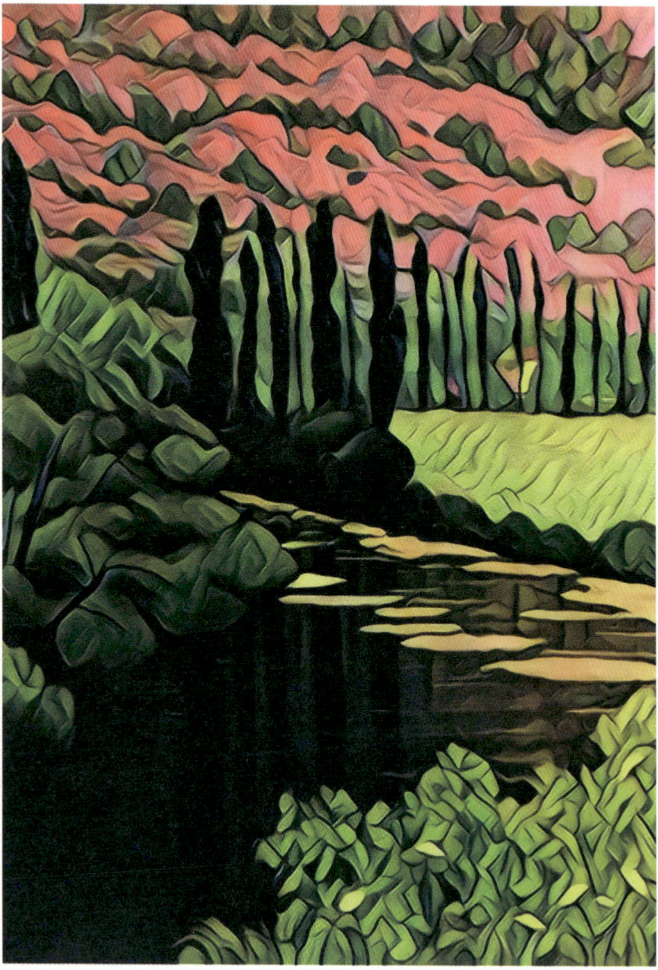

断发展和壮大，我们需要在未来的发展中更好地发挥自己的优势，与 AI 共同创造美好的未来。

把 AI 写的文章与我的文章对比一下。如果把我的文章作为 100 分的“模板”话，AI 的文章至少可以打 80 分。如果把它的文章作为 100 分的“模板”，那我的文章也就 80 分左右。可见，AI 还是蛮厉害的。

刚写这篇文章时，听到有的大学和中学已经警告学生，禁止使用 ChatGPT。我个人认为，科学技术的发展，无论你认为是福音也好，是洪水猛兽也好，挡是挡不住的。铁路开始修到四川时，有人号召大伙把铁轨撬了；电开始用于伦敦街头的路灯时，有人抗议认为夜里的光只能是上帝给的；互联网开始时，有人设置许许多多的障碍怕大家在网上看到不该看的东西，最后都挡住了吗？

然而，对于学校教育，倒是一个好好思考如何做出修改的时机了！回归以人为本，培养独立思辨能力、情感管理能力和艺术涵养，提高学生的想象力、提问力和创造性，是应该走的方向。

致未录取同学的一封信

亲爱的同学：

收到这封信的时候，你可能已经知道录取的结果了。在众多高校中你选择了我们，并参加了我们组织的综合评估考试，最后没有被录取，我非常理解你此时的心情。确实，我也感到很遗憾，有时也对目前的招生制度感到颇为无奈。但是，我还是想写一封信给你，只是想告诉你，过去的就让它过去吧，要清空自己。虽然我知道这并不容易，但如果你想要走远路的话，一定要放下身上的包袱。我们人生的路很长，高考并非你现在所想的那么重要。

我想同你讲一个故事。我的朋友是湖南人，很多年前参加了高考。他是当地一所著名中学的尖子班的尖子，考上好的大学是不难的。他梦想去国内一所很有名的大学念书，这所大学我就叫它“A 大学”吧。从高一到高三，每时每刻 A

大学的身影都在他心中鼓励着他。这位朋友小的时候患过先天性心脏病，动过大手术，那个时候所有考生都必须把身体情况如实地写在报名表里。后来他参加高考，考得还算顺利，老师们帮他查分数，估计进 A 大学问题不大。到了录取的时候，他左等右等没有等来录取通知书。最后一天他终于等到了，但那是一所湘西大山里的三本学校的录取通知书。他怎么也想不通，他的成绩无论如何也不会到那所大学去啊！结果一查，原来是每个大学负责录取的老师看到他的身体情况都不敢录取他，而那个三本大学的招生老师是懂一点医学的，他觉得这没有什么问题，就把他录取了。晚上在灯下，他和母亲都哭了，他说："妈妈，我明年要再考！"妈妈说："孩子，我们没有复读的钱。何况你明年即使考得再好，也还会面临同样的问题，A 大学还是不会录取你！孩子，不要考了！咱们就去那所三本大学。你要有志气，A 大学没有录取你，是 A 大学的损失！"听了妈妈的话，他决定就去那所大学。那年他是那所大学录取分数最高的学生，比第二名高了 140 多分。当这位朋友站在我面前讲这个故事的时候，他已经是一位非常有成就的企业家了。我心里想，当年他妈妈说得没错啊！A 大学损失了一位如此卓越的校友！

我自己也有类似的经历。我是在"文革"后期高中毕业

的，那时没有高考，只能在乡下支农。有一年，我随着农民劳工队在杭州电子专科学校做修围墙的泥水工，父亲来杭州看我。看到我在夏天的大太阳下搬大石块，父亲让我歇一歇，我就同他坐在校门口的马路边上。我一边与父亲有一搭没一搭地说话，一边望着校门口进进出出的那些夹着讲义和书本的学生。父亲问我：“你很想读书吧？”我说：“是。”他说：“现在没有办法，但总会有那一天吧！如果你能上大学的话，你会比他们学得好！”他说得很轻，因为旁边还有很多行人，但我记得很牢。又过了一年，国家恢复了高考，我是第一届考入大学的学生。

亲爱的同学，我想告诉你，你是一个优秀的人！优秀与成功不是同一回事，从长远讲，优秀比成功更重要。因为优秀的人最终会倾向于取得成功，而短期的成功常常只是昙花一现，在漫长的人生中一晃而过。所以“excellence with a soul”——“带着灵魂的优秀”是我们在漫长的人生探索中所追求的目标。你今天的挫折，将是你明天前进路上的明灯。虽然今天你与心仪的大学擦肩而过，但只要你是一个优秀的人，你到哪里都可以打天下，到哪里都会是个英雄，到哪里都会取得成功！

香港中文大学（深圳）校长

徐扬生

2020 年 8 月 14 日

朱门春到，紫气东来

岁月如矢，2018 年即将在我们的眼前逝去。时光总是那么匆忙，轻轻地来，又不知不觉地悄然而去。有时候想，时光真的走了吗，还是只是在我们的眼里消失？或许它正转入无形的空间，藏到了我们的心里，藏到了我们生命的历史中。

这一年，对所有的中国人来说，最难忘的当属“改革开放”四十周年。我是在四十年前的早春二月，作为第一届大学生，带着铺盖从农村走进了大学，见证了这个国家从一穷二白发展到今天的富足强大。身为一个中国人，能够亲历这个波澜壮阔的历程，我感到十分幸运，有种“看大江东去，千帆过尽”的感慨。

这一年，对我来说，最难忘的还有“黄埔一期”——我校的第一届本科生毕业了。这 280 名学生和他们的老师，最初曾在龙岗一片荒芜的旧厂房区以自强不息的精神，艰苦奋斗。这些学生从一个个青葱少年，出落成走上世界舞台的有志青年。我在毕业典礼上说："是这所大学把你们推向了世界，也是你们把这所大学推向了世界。"如今，神仙湖畔的山茶花映衬着新修的亭子格外俏丽，"去年人别花正开，今日花开人未回"。我格外想念这届曾与我朝夕相处的同学们。

新年就要来了！唐朝诗人刘禹锡有诗云："心如止水鉴常明，见尽人间万物情。"我很喜欢这首诗，我父亲的名字就取自诗的前一句。相信即将到来的 2019 年一定充满了机遇与挑战，但无论如何，只要我们能够保持心灵的恬静，勇敢地追求梦想，我们心灵的灯就会在寂静中永葆光明。有了这盏灯，我们将无惧风雨，无惧黑暗。

祝新年快乐！

悲观者常常正确，乐观者常常成功

又是一年快要过去了，有时候总觉得时间走得太快，我们似乎永远追不上时间的脚步。莫奈说过："我曾以为，留住光，就可以留住你。"光是留不住的，时光也一样。虽说过去的时光，我们是留不住的，但我们可以留住时光中的那些记忆。那些温暖的记忆，是我们能留住时光的唯一的办法。

我今天想同你分享的一段记忆，发生在1994年的冬天，记得是在圣诞节与元旦之间，我从上海坐飞机去美国芝加哥的途中。我一上飞机，就看到旁边是一位美国人，中年妇女，从穿着看是一位典型的白领高管，有点严肃，但很有礼貌。我问了一句："您到哪里？"她说去芝加哥，她的家就在那里，那里好像这两天雪很大。她问我，我说我在芝加哥转机去匹兹堡。她微笑着说："哎，匹兹堡是我母亲的老家，我小时候经常去那里玩。"这样一来，她的话就多起来了。原来，她是美国一家知名科技公司的高管，总裁要她到中国做市场调查，要她驻足四十五天，真正了解一下中国的发展潜力，从而在年初公司的董事会上报告公司是否应该在中国开辟市场。她走了中国的五个城市，我忘了是哪五个城市，只记得其中一个是成都，因为后来她给我看的许多图表分析都是在成都做的市场调研。

我很好奇地问她："那你的调查结果如何？中国的经济发展到底有没有希望？"她停了一停，说："我尽了所有努力，基于我二十多年的商业经验，中国经济是没有希望的！也许你听了以后会不高兴，但我们都是理性的人，要按数据说话。”我知道她没有恶意，没有民族和政治的成见。相反，如果她能发现中国巨大的商机，并把这个商机告诉她的老板，她一定是高兴的，但她非常肯定地说：“中国的经济没有任何希望！”我当时挤了一句话出来：“有没有小小的可能性呢？比如说 20%、10% 这样的可能性呢？”她斩钉截铁地说：“1% 的希望都没有。”我心里凉了！继续听她讲了一阵后，我说：“中国有十几亿人口，你难道不觉得这是一个巨大的市场吗？”她说：“人口多并不一定就意味着市场大，只有当每一个人都有购买力的时候，才能构成市场。现在的中国老百姓，普遍很穷，根本没有购买力。从航天器材、医疗仪

器、软件、生物医药到日用品，没有一件东西是中国普通老百姓买得起的，所以对美国公司来说没有一点市场空间。至于少数几个很富有的中国人，总会有一些小公司来做二手贸易，像我们这样的大公司是不感兴趣的。”

之后，她打开笔记本电脑，给我讲了她这四十五天的市场调研结果，很全面，很专业，很仔细，让我这个外行叹为观止，无法怀疑她计算的正确性。就这样，她不停地讲着，讲着，讲了整整一趟长途飞行的时间。这位女士很爱红酒，至少饮了二十杯红酒。因为她坐在靠窗的位置，我靠着走道，因此她的每一杯酒都是我递给她的。她就这样，喝一杯酒，停一停，然后继续讲，一路上都是她在说话，我什么也说不上，一直沉默着，沉默得就像一个鸭蛋。

二十多年过去了，那时中国的 GDP 是五万亿元，现在是一百万亿元；那个时候深圳的房价是两千元一平方米，现在是五万到十万元一平方米。

所以，朋友们，当我们面对未来的时候，我的结论是，悲观者常常正确，但乐观者常常成功。

今天，也是这样，我们所面对的未来充满了挑战，有各种各样的矛盾和问题，但我们还是要相信自己，相信这个国家和她的人民，相信爱的力量。无论前面有多大的风雨，都不要失却对自己的信心。我们只要记住一直往前走，大步流星地往前走，不要停下来。行山中雾遮山路、迷失方向时，我们不要忘记山峰就在前头。在寒冷的冬天，阴云密布时，我们不要去怀疑太阳的存在。阳光一定会出现，春天一定会到来，山坡上的任何一株野百合一定会有属于自己的春天！

感谢在这一年中帮助过我们的所有朋友，人生的每一步路都没有白走，我们走的每一步路都要感恩那些照在我们背后的阳光。让我们满怀爱与喜悦迎接新的一年的到来，祝福每一位朋友在鼠年里心想事成，在学业、工作和生活上，“曙”光一片！

人生是一场不可思议的遇见

2020年就这样过去了！

这一年走得好艰难！人类在这一年里仿佛每天都在如履薄冰地过日子。

然而，朋友们，人生就是这样，是好是坏，都是一场不可思议的遇见。今年让我们遇见了这么多不可思议的事，遇见了这么多不可思议的人。我们能在今天，在温暖的、安全的中国南方的美丽城市——深圳，与大家聊上几句，这本身就是件多么幸运的事。

圣诞节的时候，同学们问我对过去的一年有什么感悟。我同他们讲，我最大的感悟是：我们要时刻感恩哪怕是最平凡的生活。与爸爸妈妈在家里吃一顿晚饭，与亲爱的人周末逛逛街，去电影院看一场功夫电影，这些说来是多么平凡的事，而这一年的经历告诉了我们这有多么不易！今年夏天的一晚，一位同学在校园里与他身在湖北的母亲通电话说："我真的很感恩，即使现在我被蚊子咬得要死，我都是那么幸运。因为这里是安全的地方，我可以有哪怕最平凡的生活。"

如果没有经历过一些事情，想学会感恩知足，并不是一件容易做到的事。当年我从下乡到考上大学只有过一双球鞋，是家乡的一位老先生在我下乡前送的，我总舍不得穿。有一次在杭州打工的时候赤着脚，踩到了碎玻璃。记得我坐在望江门附近的人行道边上，真的很想哭，可就在那个时候我看到旁边的屋子里有一位失去了腿的青年。我顿时感到，没有鞋子穿的我是多么幸运啊！

第二个感悟是：我们要永远记住人类是互相依存的。在这个世界上，没有一棵树是孤立存在的，当秋风吹来的时候，一棵树的叶子被风吹落，它旁边的那棵树也会感到寒冷。愈是在灾难面前，我们愈应该抱团取暖。在今年这样特殊的时

刻，每个人可能都会有一时的软弱，感觉自己是茫茫大海中一座孤立无援的小岛。可是同时，我们又看到这世间还有那么多可爱的人不断地为他人带来温暖，这又让我们感到不再孤单，让我们重新获得力量和勇气。

第三个感悟是：我们要学会坚强。一位同学在微信中向我呼救，说他正在经受人生最大的痛苦。我在微信中回复他："什么叫痛苦呢！痛苦在某种程度上就是指我们已经突破了自己的极限。大自然有一条规律，如果想要进化，你必须突破极限，经受痛苦。所以或许我们应该感恩大自然赋予我们的痛苦，因为这预示着我们离目标已经很近了！"人的坚毅品格是在逆境中锻炼出来的。我们要向竹子学习，在狂风来临时，要学会弯腰，风越大，腰弯得越低。永远记住，风不可能一直刮下去，而竹子总会成长，变得结实粗壮，越来越能经受住风的考验。

第四个感悟是：我们要学会在静止中前进。今年，现代人的生活规律被打破，突然之间，人们开始独处，习惯了与他人相处的人类不大习惯与自己相处，习惯了吵闹忙碌的人类不太习惯宁静的生活。其实，宁静是人的原初本质，是人的能量所在。三月份的一天，我独自在办公室里，窗外看不到一个人。我就想，我们能不能与周边的青山、树木、石头，与这世上的万事万物一起静下来观照自身？如果我能做到，我大概就能在大宇宙里找到自己。

第五个感悟是：我们还是要乐观。世界上什么事情都有可能发生，大多数事情不是我们所能预知、控制和避免的。面对未来的不确定性，我们只有一个武器，那就是乐观的态度。很多时候，真正把人击败的并不是灾难本身，而是灾难给人心带来的悲观与绝望。年初的时候，我在文章里写道："悲观者常常正确，而乐观者常常成功。"一位医生对我说，这句话即使对病人也是有用的，乐观者的免疫力明显要强得多。要相信这个国家及其人民，相信爱的力量，相信这个世界上有那么多勇敢和真诚的朋友。你不一定能常常见到他们，但当你需要的时候，他们会像星星一样，奇迹般地出现在你的面前！

朋友们，人生是一场了不起的遇见。今年我们遇见了不可思议的风雨，今年我们也遇见了不可思议的欣喜。我们在这里庆贺四十年的沧海桑田，庆贺改革春风里人类史无前例的辉煌成就。展望未来，面朝大海，我们有足够的勇气与自信，来迎接新的一年的到来。青山不老，岁月常新，平安喜乐，新年万福！

龙骧虎步，威猛前进

刚刚过了圣诞节，天特别冷，岁暮天寒，2021 年就这样在不知不觉中接近了尾声。一缕日光从我办公室的窗口射进来，刚刚还照在桌子上，现在已经照到旁边的墙上了。时光也是这样，总是那么匆匆。

这一年过得好像特别快，与 2020 年不同，虽然出行还是不方便，但人们也习惯了这种半开放的状态，世界各地的大多数院校也已基本恢复了正常的教学科研活动。不管怎样，天无绝人之路，相信希望就在前头。

这两年里，我很少出门，所以常常在园子里散步。园子的一端有一个小池子，里面有几条金鱼。有一天，我独自散步到小池边，看到许多鸟围在那里，人走过去也不怕。我心想，鸟儿好像比以前多了许多，而且都圆圆肥肥的，喜欢在地上走，不喜欢飞，是不是也长胖了？我沿着小池走着，突然发现池边的石子上沾着一些黄色的鱼子，一块一块的。我突然想到，这些鸟儿可能是在这里觅食这些鱼子吧？

啊！突然之间，多年来一直困扰我的一个问题仿佛有了答案。

那得从我下乡的时候说起。那时我刚从城里到乡下务农，在田畈里做农活。生产队长常常叫我们挖一些土运到别的地方，有时是为了造房子、造桥、修路，有时候是为了“挖地道”，因为那个时候，大家都要“深挖洞”，预防战争。这边挖土，原来的田畈上就会留下一个大坑，过了一阵子，下过雨后，就变成了一个小水塘。有时不经意路过这些大大小小的水塘的时候，发现里面竟然有了小鱼！我觉得十分神奇，这些小鱼肯定不是农友们放进去的，那它们是从哪里来的呢？我问了生产队的农民，老农们也答不出所以然来，总是说“有水的地方一定会有鱼”，可是为什么呢？我问过很多人，没有人告诉我答案，后来在美国我也遇见过类似的事，问过旁人依然没有答案。

也许是那天早晨我头脑特别清楚，在看到小池边聚集的鸟儿，看到池壁石头上那一块块黄色的鱼子时，我突然悟到了这个问题可能的答案！是不是鸟儿吃了这些鱼子，又在排泄中将一些未曾消化的鱼子洒落在大地上或者河边，遇到有水的地方就生出了小鱼？单我自己就知道有两种我非常爱吃的东西是很不易消化的，一种是芝麻，一种就是鱼子，所以我明白完全存在这种可能性……

当然这一切只是猜想，我不是这个领域的专家，只是好奇罢了。

又过了一阵子，有一次与一群教授聊天，中间谈及此事。有位教授说，近期好像还真有一篇论文是讲这个事情的，所以，似乎这种推测还有点科学依据。

那天晚上，在这群教授走后，我一直在想，大自然可真了不起啊！古人讲，“惟天地而生万物”，这世上的万事万物，好像还真的都有因果关联！鱼儿不像鸟儿一样会飞，一辈子都待在小小的池塘中，可是它怎么能想到自己的后代会通过鸟儿的传播，散落在天涯各处繁衍生息呢？鸟儿也是如此，飞翔是它的天职，进食也是它的本能，可是它又怎会知道，在它最不起眼的本能的背后竟还蕴藏着无限的生机？小小的鱼子，就像任意一粒种子一样，是鱼儿生命的延续，看似微小，却富有极强的生命力和能量，只要遇到适宜的环境就能孕育出生命；鸟儿看似是鱼儿的敌人，吃掉了鱼子，实际上又是生命与希望的使者，把鱼子带向了未知的远方，或许那里会有鱼儿不曾想见的大江大河在等待着它的到来。鸟儿和鱼儿都只是顺应了自己的天性，却也在不知不觉中完成了大自然生生不息的运转。

朋友们，世间万物，生生不已，人在其中，亦是如此。顺境之中或许孕育着矛盾，逆境之中可能潜藏着生机，只要我们心中有信念、有希望，我们的心里就有一颗饱含生命力的种子，总有一天会生根发芽！千万不要因处在危机与挫折中就虚掷光阴，不管外界条件如何艰苦，不管未来会充满怎样的不确定性，不管前路会有多少事情不在我们的掌控之内，只要心中希望的火焰不曾熄灭，我们就不用害怕。因为那希望的光，会指引我们，会保护我们，会令我们鼓足勇气，龙骧虎步，威猛前进，最后一定会到达理想的彼岸！

是的，有水的地方，一定有鱼！

有人的地方，一定有希望！

只要我们心怀希望，一切都有可能！

祝大家新年快乐！

心若湛然，其乐无穷

Yuval Noah Harari（尤瓦尔·赫拉利）在 *Sapiens*（《人类简史》）中写道："We study history not to know the future but to widen our horizons, to understand that our present situation is neither natural nor inevitable, and that we consequently have many more possibilities before us than we imagine."（"我们之所以研究历史，不是为了要知道未来，

而是要拓展视野，要了解现在的种种绝非‘自然’，也并非无可避免。未来的可能性远超过我们的想象。”）

这段话很妙，我们回顾历史的目的，不是为了预测未来，而是让我们有历史的高度，往远看，看到这世界原来会有无穷无尽的可能性。这种可能性，远远比我们想象的要多得多！

一场滂沱大雨之后，有两种人，一种人会去看天，蔚蓝清澈；另一种人会去看地，泥泞沟洼。当我们辞别旧岁，展望新的一年到来时，我们也许会为失去的感到沮丧，为原本可以得到而没有得到的感到郁闷。然而，此刻我们更应该做的是——让我们站在高地，往远处看，听远方的钟声，等待

我们从未想象过的未来的无数可能性，随着新年的脚步正缓缓到来！

永远记住，未来属于乐观主义者！心若湛然，其乐无穷！让我们在宁静中保持健康的心态，迎接快乐的玉兔来临。新年顺利，万家幸福！

（一）

好的家长会知道什么事应该让孩子自己独立解决，什么事可以帮助孩子去解决。

这里有一个原则：最重要的那一步家长是不能帮的，一定要让孩子独立解决。就像在田径场上跨栏，前面你可以帮助他，甚至帮他垫高一点，让跨栏显得容易一些，但跨栏这一步一定要让他自己去跨，你不能帮。因为他自己跨过去了，会有成就感，而你帮他跨过去，他是没有成就感的。

孩子成长的关键是自信心，而自信心就来源于成就感的累积。

（二）

对于孩子的成长而言，最好让他的身边有两个人：一个是弱者，一个是强者。家里有弱者，可以让孩子从小有保护别人的欲望，可以培养他的担当精神和责任感，让他愿意去帮助别人，有贡献和服务社会的意识和领导力。家里有强者，则可以让孩子从小树立自强不息的精神，养成自信和独立坚强的品格。

这“两个人”其实不一定真的需要是两个人，也可以体现在一个人身上。父母学会示弱，孩子就会更愿意承担。父母至少有一人具有坚强的品质，孩子就有榜样，不怕打磨，才会坚韧。

（三）

天赋是天生的，不是家庭教育或学校教育能够培养出来的，但家庭和学校却有可能扼杀这种天赋。

因此，家庭与学校如何提供良好的教育，让孩子能够发展自己的天赋，这是一门重要的学问，可惜我们很少在现在的教育实践中看到这一点。

（四）

家长常常把自己实现不了的梦想寄托在儿女身上，用自己的意志来塑造孩子，这通常是不切实际的。我常常听到家长对孩子说："宝贝，你是我们的希望啊！"我的心里总感到很沉重，我想孩子的心里也不好受。

古人讲："儿女自有儿女命。"一方面，孩子这一代有他们这一代的事要做，也只有他们自己来完成。另一方面，不要对孩子期望太高，期望太高总会失望，不如引导孩子有坚韧不拔的品性，追求自己的兴趣爱好，走出一条自己的路来。

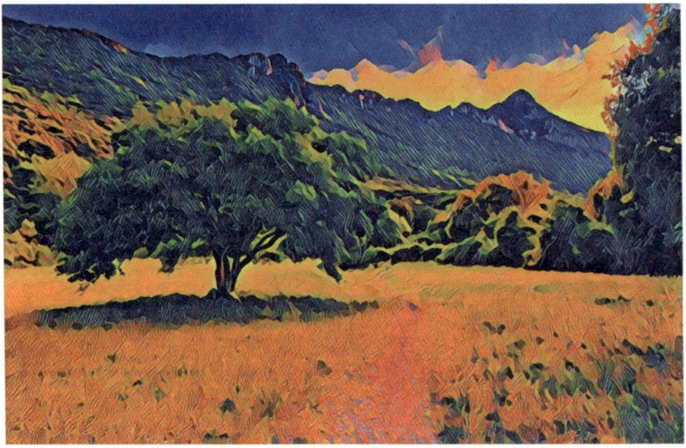

（五）

每个孩子成长发展的“时刻表”是不一样的，就像一辆九点钟的火车和一辆十点钟的火车，你不能说晚出发的火车就一定会慢。家长焦虑常常是因为对比其他孩子，自己孩子的发展似乎“晚了一点”，于是乎，给孩子补习、吃补品，批评孩子，等等，我从来没见过这样有成功的。

你应该做的是，静下心来，耐心地陪陪孩子，充分意识到每个孩子是不一样的。你的孩子自有他发展的时刻表，要让他有满满的自信心。

（六）

父母在孩子的成长过程中，尤其在其童年时期，要做到两件最重要的事，一个是提供爱，另一个是树立规矩，二者缺一不可。孩子的成长像一叶小舟，这两部分就像小舟上左右两边的木桨，要同时用力才能向前，否则就会偏移，会不稳，会原地打转。

据我观察，华人家庭普遍重于前者，疏于后者。过度的爱，缺乏规矩的爱，就是宠溺，因此长不大的“熊孩子”就特别多。他们离不开父母，常常自卑，会与社会格格不入。

（七）

一个理想的家庭环境，是有人提供爱，有人树立规矩。比如，父母树立规矩，而祖辈（爷爷奶奶、姥姥姥爷）提供爱，这样孩子的成长环境是平衡的，这在家里也比较容易做到。

孩子童年时喜欢祖辈，祖辈也喜欢孩子，这是天性。父母用不着妒忌，也用不着担心："哎呀，爷爷奶奶把孩子给宠坏了！"其实，爷爷奶奶是可以宠一点孩子的，但父母不行。因为在孩子的眼中，父母就像是"政府"，爷爷奶奶就像是"朋友"，而政府立的规矩，是需要遵守的。

（八）

最好的家庭教育是对学校教育的补充。比如说，学校里重视知识的传授，家里能否重视艺术的熏陶？学校强调智商，家里能否培养情商？学校里训练分析能力，家里能否注重锻炼动手能力？

尤其是艺术的熏陶，现在的学校很难让每个学生都有充分的机会接触艺术。而在学生的成长阶段，艺术的涵养又格外重要，无论对培养学生的想象力和创造力，还是对提高情商、培养在逆境中坚韧不拔的品性都十分有益，家庭教育应该予以重视。

（九）

有心理障碍或抑郁症的同学，常常不喜欢户外活动。我经常找机会带他们去山上或湖边走走，或者去种菜锄地。几次下来，我发现他们的状况都有明显好转。

人体是个小宇宙，包括你的胃、肺、心、脑等，而世界是个大宇宙，这两个宇宙要有接点。抑郁症等许多病痛是因为现代社会的工作和生活使这两者相交的时机愈来愈少，所以，家长要鼓励孩子尽量多地参与户外活动，尽量减少关在房间里玩手机的时间。

（十）

我是理工科的教授，几十年来，我选拔博士研究生时，常常会考察他们是否有做家务的习惯。因为做家务能反映学生的很多能力和品质，包括规划与管理能力、动手能力、耐心、自律等。

家长们为了让孩子有更多的时间学习，尽量不让他们做家务，这是非常短视的。“一屋不扫，何以扫天下？”

有关机构的长期研究表明，做家务的孩子成绩优秀的比例是不做家务的孩子的 27 倍，成年后就业率为 15∶1，犯罪率为 1∶10。

（十一）

对孩子的批评，要点到为止，不要“无限上纲”，也不要“株连九族”。家长对孩子的批评，往往开头是正确的，但讲着讲着就任意“扩大化”。比如“你从前也是这样，就是改不了”，再后来，“你就是继承了你父亲的基因，你们家没一个有出息的！”打击面越来越大，批评的效果一点都没有了。

所以，对孩子的批评，要短，要讲理，不要任意扩大。

（十二）

对孩子的批评，愈少愈好，要避免在公开场合批评孩子，每个孩子都是很要面子的。

孩子做了错事，已经意识到了，就不要再批评了，再批评会有反效果，会伤害自尊心。

对孩子的表扬，愈多愈好，尽量在有旁人的情况下表扬，尤其对自信心不足或者对压力很敏感的孩子更是这样。多表扬，他就会放松，就会自信。有一位家长同我讲：“我听了你的话，这阵子至少表扬了他一百次，我发现他真的好像聪明起来了！”

（十三）

中国人讲“孝顺”，对大多数孩子来说，“孝”没有问题，有问题的是“顺”。对大多数父母来说，也是一样的，“顺”是最难的，总不肯顺着孩子一点。

顺，是一种态度，是一种善意，是一种和睦、诚恳的姿态，有了这个态度，什么都可以商量。其实，孩子真正在乎的、最想从父母身上得到的东西，不是批评指导，不是衣食住行，而是你有时能顺着他一点的那个态度！

（十四）

与孩子的亲密程度，每个家庭都是不同的，有的亲热一点，有的疏远一点。而在一个家庭中，孩子对家中的长辈有的感情深厚一点，亲密一点，有的则不然。这都是正常的，在家里应该亲疏随缘，互相尊重。

然而，如果孩子跟父母，尤其是母亲，过分亲密的话，有时候会给孩子在外面交友，尤其是异性朋友，开展社交活动造成障碍。在大龄男女的背后，常常可以发现一位与之感情非常亲密的母亲！

尤其是，当父母感情不好，任一方都会倾向于溺爱孩子，觉得亏欠了孩子，而被溺爱的孩子则容易孤僻和自卑。其实，父母要记住，你可以不是好丈夫，不是好妻子，但你们完全可以是孩子的好父母，要分开来对待。

（十五）

家长对孩子最大的作用是“榜样的力量”。不在于你花了多少精力帮孩子背唐诗，带孩子旅游，让孩子上各种各样的辅导班，这些都不重要，重要的是你到底在孩子的心目中是个什么样的榜样。

当你看到做事一板一眼、有条有理的学生，你一定可以找到他背后认真做事、精于管理的家长；当你看到做事漫不经心、拖拖拉拉的学生，你一定能找到他背后做事没有原则、事无巨细都要代劳的家长；当你看到偏食、挑食的学生，你一定能在他的父母中找到至少有一位是偏食挑食的。

所以，家长对孩子可以不做任何事情，只要努力做好你自己就行了。

（十六）

你如果在校园里问任意一位同学：“你最不喜欢你父母哪一点？”我听到的大多数回答是一样的，那就是：“我觉得他们好烦啊。”

做家长的一定要注意管好自己的嘴巴，不要动不动就教诲人家，聪明的家长是懂得保持沉默的。孩子成长中所遇到的大多数问题并非你讲讲就能解决的，就像世界上的许多问题一样，最后都不是被谁解决掉的，是自己“消失”的！从中国文化上来讲，是“化”掉的。所以，耐心一点，等一等，可能就不是问题了。

（十七）

孩子离家出门时，大多数家长都会说“路上小心”。中国孩子从小到大都被家长教育如何规避风险，学校也一直教育学生如何不犯错误。在这样的环境下成长起来的孩子，到最后会有一个天然的压力，那就是害怕失败，以致丧失了那种追求幸福、追求真理的冒险精神。这种价值观指导下的

学生，都会患得患失，自私利己，小事情算得很清楚，碰到大事则毫无主见，在困难与挑战面前，缺乏那种坚韧不拔的精神。

中国人从前讲“大智大勇”，现在不讲了。学校与家长都追求“智”，以智为大，所以培养的大多是没有决断力的能干的追随者与执行者。

（十八）

有一天，白骨精把孙悟空叫去，说：“你太丑了！我帮你化妆打扮一下。”不一会儿，身上穿了一套新装，脸上涂了很多粉。孙悟空道谢后离去，到河边一照，发现自己怎么看上去像个白骨精呢？不悦，赶忙用水把脸洗了，把衣服脱掉扔了。

路上碰到唐僧，孙悟空给他讲了刚才发生的事。唐僧说：“阿弥陀佛！不过你还真应该收拾一下，哪有这般打扮去西天取经的？”于是，他帮孙悟空剃掉了体毛，穿上袈裟，戴上帽子。孙悟空又去河边照了照自己，发现这下自己又变成唐僧了！穿着这身打扮让他浑身不舒服，最后还是给扔了。

这里的白骨精就是现在的许多家长，唐僧就是现在的学校，孙悟空就是现在可怜的学生。

白骨精总想努力把孙悟空打造成像她这样的模样，唐僧呢，则努力把他打造成社会所喜欢的那种模样，而孙悟空自己却努力想做一个真实的自己。

（十九）

有一回，森林里聚集了几十种动物开比武大会，有熊、大象、鸟、猴子、乌龟、鱼、蛇，等等。大会规定了若干比赛项目，有爬树、游泳、跑步、背石头、钻地洞……每种动物都要参加所有项目的比赛，最后将每一项的分数加起来，作为综合能力的打分交给各位家长。

熊妈妈非常焦虑：我们家的小熊怎么不会游泳呢？你看人家，连乌龟都会游几下呢！以后碰到河水该怎么办呢？

不过，这件事也没那么严重。若干年后，大家都把这些项目的成绩忘得一干二净。小熊不会游泳，但照样活得很好！

这就是现在的教育！

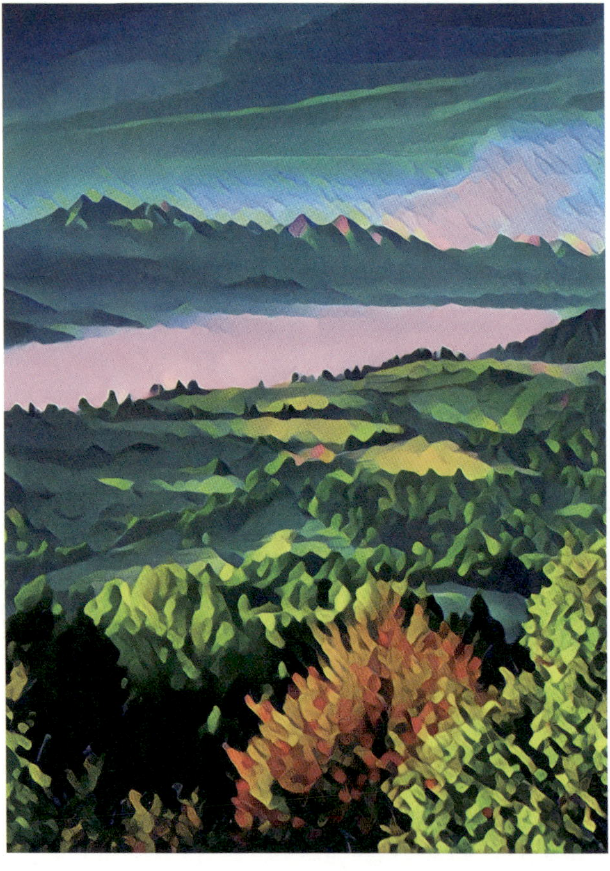

（1）不能总是“比”，要意识到每个孩子是不一样的，不能用同一把尺子来衡量。

（2）教育的目的是如何发挥孩子的一技之长，而不是补他的短板。

（二十）

一个老和尚，一个大和尚，带着一个小和尚，来到一条大河旁。坐定后，小和尚问：“这是什么？”大和尚说：“这是大海。”因为大和尚从来没有见过这样大的江河，所以想着这一定就是大海吧。小和尚转过头看看老和尚，老和尚一向很认真，亲自走到河边，用手掬水，仔细观察后说：“这是水。”

这里的老和尚就是现在的许多老师，追求真实，但缺乏想象。这里的大和尚就是现在的许多家长，充满想象，但缺乏见识。

图书在版编目（CIP）数据

黄昏的神仙湖 / 徐扬生著. -- 深圳 : 深圳出版社, 2024.3

ISBN 978-7-5507-3987-1

Ⅰ. ①黄… Ⅱ. ①徐… Ⅲ. ①散文集—中国—当代 Ⅳ. ①I267

中国国家版本馆CIP数据核字(2024)第018557号

黄昏的神仙湖

HUANGHUN DE SHENXIAN HU

出 品 人　聂雄前
责任编辑　林凌珠
责任校对　万妮霞
责任技编　梁立新
封面题字　徐扬生
摄影插图　徐扬生
封面设计　广　岛

出版发行　深圳出版社
地　　址　深圳市彩田南路海天综合大厦（518033）
网　　址　www.htph.com.cn
订购电话　0755-83460239（邮购、团购）
设计制作　深圳市龙瀚文化传播有限公司 0755-33133493
印　　刷　中华商务联合印刷（广东）有限公司
开　　本　787mm × 1092mm　1/32
印　　张　9.5
字　　数　142千
版　　次　2024年3月第1版
印　　次　2024年3月第1次
定　　价　58.00元